Éste que ves

Xavier Velasco

Éste que ves

ALFAGUARA

El papel utilizado para la impresión de este libro ha sido fabricado a partir de madera
procedente de bosques y plantaciones gestionadas con los más altos estándares ambientales,
garantizando una explotación de los recursos sostenible con el medio ambiente y beneficiosa para las personas.

Penguin
Random House
Grupo Editorial

Éste que ves

Segunda edición: enero, 2023

D. R. © 2006, Xavier Velasco
c/o Schavelzon Graham Agencia Literaria
www.schavelzongraham.com

D. R. © 2023, derechos de edición mundiales en lengua castellana:
Penguin Random House Grupo Editorial, S. A. de C. V.
Blvd. Miguel de Cervantes Saavedra núm. 301, 1er piso,
colonia Granada, alcaldía Miguel Hidalgo, C. P. 11520,
Ciudad de México

penguinlibros.com

ISBN: 978-607-382-420-0

Impreso en México – *Printed in Mexico*

Para ti, Mana.

¿No son las llamas de allá más calientes,
no durán más que las que tú quieres prender?

MARIO VARGAS LLOSA,
La guerra del fin del mundo

I. El retrato

Éste, en quien la lisonja ha pretendido
excusar de los años los horrores…

JUANA INÉS DE LA CRUZ, *Soneto 145*

1.

Los retratos nos miran a nosotros más de lo que nosotros los miramos a ellos. Especialmente cuando somos niños y el retrato nos lleva toda la ventaja. Nos vigilan, también, y a veces saben cosas de nosotros que nadie se ha sabido imaginar. Ser niño y verme noche y día retratado en la sala de la casa fue temer que ya nunca más podría darles todo lo que el retrato prometió.

He crecido tratando de ocultar los efectos del tiempo sobre aquel semblante, tanto como el atónito desamparo que desde siempre vi en esa mirada. Es un niño indefenso el de la pintura, pero también un niño calculador. Depende de qué lado elija uno mirarla. Si se tapa el izquierdo y el derecho alternativamente, aparecen dos niños diferentes. El problema es que en medio estaba yo.

A un niño se le puede describir según sus miedos o sus entusiasmos. Enlistemos por separado sus monstruos y sus héroes y obtendremos dos caras de un mismo retrato. El hombre-lobo acecha por un flanco, por el otro vigila el hombre-murciélago. He mirado el retrato tantas veces durante tantos años que puedo describirlo de memoria, sólo que nunca acabo de saber quién manda: el pavor que somete al lado izquierdo o la curiosidad que engatusa al derecho. Uno de los dos niños de todo siente miedo, pero el otro de todo quisiera ser capaz.

Esta historia, y más aún la historia de esta historia, parte justo de ahí. No busco dibujar de nuevo al niño, sino acaso meterme de vuelta en la pintura y retratar un mundo sin orillas. Quiero decir, narrar lo que uno juzga inenarrable: mi juego cuando niño, mi oficio desde entonces.

Nunca he sido precoz. De niño llegué tarde a casi todo, como si cada vez que intentaba avanzar se colgara de mí el niño del retrato, con su miedo y su arrojo congelados. Lo veía en la pared, camino del jardín, y era siempre el principio de una historia que sólo yo sabía y nadie iba a contar. No la entendía, aparte, pero me inventé un juego que en adelante prohibiría el olvido, y es por esa coartada que estoy aquí contando lo incontable, moviéndole los ojos y la boca al retrato para ver si él me explica lo que nunca entendí.

No hablo concretamente de mi persona, que lo recuerda todo emborronado por las trampas arteras del subconsciente, sino del personaje que salió del retrato hacia esa sucursal del purgatorio que los olvidadizos llaman *tierna infancia*.

2.

Hasta donde recuerdo, siempre estaba en problemas. Era como si se pusieran de acuerdo. *Mira a ese niño con la boca abierta: ¡Vamos todos a hacerlo maldecir su suerte!* Y si el problema crece en la mente del niño —quien poco puede hacer por resolverlo— la solución se aleja todavía más cuando el emproblemado es hijo único. No tenía vecinos, tampoco. Para entender los códigos del mundo, había que experimentar a solas.

Sólo que estar a solas no era fácil, no para un niño cuya mera existencia implicaba el funcionamiento permanente de una pequeña guardia pretoriana. Algo como una cuna virtual cuyos barrotes, inexpugnables por invisibles, eran los ojos y oídos de Alicia y Xavier, que nunca más tendrían otro hijo y a éste lo protegían como a la doncellez de María Madre.

Se enteraban al mismo tiempo, y de repente antes, si acaso El Niño padecía de hambre, frío, hipo, bochorno, tedio, calambres, antojos, miedo, mal humor o caprichos exóticos, que tampoco faltaban. Podía pedir casi cualquier cosa, menos que me quitaran de encima su atención. Y a lo mejor por eso, no bien lo conseguía, corría a hacerme con el primer problema que viera disponible.

Recién había cumplido los tres años cuando llegó un problema digno de recordarse. Como durante el resto de mi infancia me lo relatarían Alicia, Xavier y Celita, la abuela que jamás me permitió llamarla abuela, no sólo me perdí en una tienda grande, sino en la más grande del mundo. Eso fue lo que luego me dijeron, y yo solía escucharlo con el orgullo del niño aventurero que siempre soñé ser. Pero eso fue después. En la mañana de aquel cumpleaños —Xavier estudiaba en la Universidad de Columbia, Alicia y yo vivíamos con él— había visto aparecer a

Celita en la entrada de la recámara, con un enorme Santa Claus entre manos. "¡Hola, Mana!", grité, porque así nos decíamos: Mana y Mano.

¿Mi Manita en New York, también? No recuerdo completas las escenas, pero aún me queda impresa en la memoria media docena de instantáneas neoyorquinas, una de ellas la de Celita y Santa Claus. Otra, la de Xavier diciéndome algo así como "¡Quédate quietecito, ya regreso!", minutos antes de que decidiera partir solo en su busca y los volviera locos a todos con mi ausencia.

Desde entonces cargué como una medalla la media hora que anduve paseando a solas por los departamentos de Macy's. A solas, con tres años y en Manhattan: parecería mentira, con el tiempo. Y cuando uno descree de su pasado no le queda otra opción que refrendarlo. Aun sin la intrepidez que otros niños solían derrochar, yo creía que mi vida estaba destinada a ser aventurera. Mejor aún, pensaba, con todo el peso de una lógica íntima vestida de sentido común, que una vida vacía de aventuras no valía la pena vivirse.

¿Es posible correr aventuras sin meterse en problemas? Contra lo que después irían creyendo mis pocos y esporádicos amigos, no era que me gustaran los problemas, sino que ellos más bien me preferían, tal vez por las facilidades que les daba. ¿Qué era lo que encontraban los problemas en mí? Tiempo de sobra para pensar en ellos.

Los hijos únicos son, a menudo, niños que piensan de más y a su pesar, pues nadie sino ellos paga la cuenta por la bola de nieve en que ciertas ideas tienden a transformarse, cuesta abajo del miedo hacia el horror. Sobre todo si, además de hermanos, faltan vecinos y en general amigos. No había con quién hablar de tantos fantasmas. E incluso cuando hallaba una oportunidad para tocar el tema, recibía las muestras de extrañeza o indiferencia que alimentaban un miedo mayor: temía desde entonces ser un bicho raro.

3.

En los niños *normales* —esos pelmazos a los que nuestros padres nos ponen por ejemplo— los problemas son cosa excepcional; desde mi perspectiva, eran la regla. Todavía no acabo de averiguar por qué, y puede que lo cuente sólo por intentarlo. Ahora que puedo verlo a cierta distancia, creo que el gran problema de mis problemas era la insoportable urgencia de callármelos. Callaba, por ejemplo, un par de dudas bobas, que a la vuelta de alguna especulación hiperbólica reaparecían en el papel de aflicciones: evidencias recientes de mi rareza.

Tenía, hasta donde recuerdo, tres o cuatro colegas amigables y todavía menos de seis años, pero ya entonces carcomíame el coco una aflicción secreta: me había enamorado hasta la languidez, andaba por los días sumido en un retraimiento tenaz como los ojos de Beatriz, y al mismo tiempo perseguido por demonios tan nítidos como el pavor a verla reírse de mí.

Ni modo, era hijo único. Me lo tomaba todo a pecho y a la letra. Por eso me llené de terror cuando Alicia, cansada de mirarme los pantalones mojados, anunció que la próxima vez me colgaría del cuello un letrero: *Este niño se hace pipí*. Lejos de comprender su fino humorismo, me tomé la advertencia tan en serio que al día siguiente, con los nervios de punta desde la mañana, no tardó la vejiga en traicionarme.

Podía, por supuesto, quedarme en clase durante todo el recreo (así estaría seguro de que Beatriz no me vería la mancha) pero llegada la hora de la salida nadie me cubriría de los ojos y la nariz de Alicia. Este niño se hace pipí. ¿Cómo se resolvía un problema de ese tamaño? Contra todo pronóstico, fue justamente Alicia quien ese día me dio las armas para afrontarlo. De hecho, el sencillo método que mi madre atinó a mostrarme aquella tarde resolvió centenares de problemas, y a la fecha sin él no sabría qué hacer. Literalmente.

—¿Te hiciste pipí… o te sentaste en una banca mojada? —me interrogó mi madre, con una gravedad tan generosa que en lugar de colgarme el letrero ipso-facto me daba una salida de emergencia.

—Me senté en una banca mojada… —susurré, todavía con las rodillas temblándome como el mofle de una carcacha, más urgido de su piedad que, cosa nada probable, de su credulidad. La gente no se sienta bocabajo.

—Te hiciste pipí, ¿verdad? —me había descubierto en mi primera mentira, pero tenía sonrisa de perdón. Además, la mentira era suya.

—… —me tardé en asentir, como esperando ciertas garantías.

Pensé, en esos momentos, que la noticia grande era el indulto, pero lo cierto es que a partir de aquel papelón entendí que no puede uno andar por la vida diciendo la verdad por quítame estas pajas. Puesto que incluso cuando la verdad aparenta favorecer al acusado, es preciso alumbrarla desde el ángulo que mejor dramatice su inocencia. Si la mentira de la banca mojada había funcionado, no era por convincente, y menos todavía por original, sino porque la había recitado con el miedo de quien se aferra a la última coartada, y así delata su sincero arrepentimiento.

Una banca mojada: qué mentira más coja. Hasta yo, que aún estaba por debutar, podía inventarme una patraña mejor. Descubrir eso antes de los seis años era como enfrentarse a veinte espadachines armado de una sola metralleta. No pasó mucho tiempo antes de que aprendiera a servirme de las mentiras para mejor lidiar con los problemas. Si al final mis problemas no eran solubles, cuando menos serían adulterables.

No sé bien a qué edad deja uno de ser niño, mas recuerdo con precisión cronométrica la noche en que mi infancia se partió en dos. Hacía dos semanas que tenía seis años. Ese domingo, la función matutina del Teatro de los Insurgentes corrió a cargo de los alumnos del Queen Elizabeth School. Yo entre ellos, vestido de tepuja, bailando con Beatriz por última vez en mi vida.

¿Qué bailábamos? ¿El *Jarabe tapatío*, tal vez? ¿Cuántas veces habríamos ensayado? En cualquier caso, no me gustaron sus trenzas. Esperé verla luego, ya sin ellas, pero Alicia y Xavier tenían prisa. En diez minutos me devolvieron al look habitual, y luego al coche: sentado entre los dos, recorriendo con ellos Insurgentes en dirección al sur, y a la desgracia.

4.

Y aquí vamos, en la mañana de un domingo de noviembre, camino a Cuernavaca. Alguien —un conocido de Xavier, banquero como él— nos ha invitado a una casa de campo, pasaremos el día entero allí. No me quejo. Hay alberca, jardines y de repente niños. Alicia, en cambio, padece estos domingos en compañía de señoras que no se simpatizan, todas ellas esposas de señores que fingen ser amigos. Es posible que acepten sólo por mí, que como es natural y aún más en domingo, prefiero el trajecito de baño al de terciopelo, y Cuernavaca a casa de mis abuelos.

El humor de Alicia y Xavier nunca es el mismo dentro que fuera de la familia. Aun entre los hipócritas del banco, me queda la impresión de que mis padres se parecen más a sí mismos que cuando están rodeados por la familia, presas de un persistente fuego amigo. De regreso, al fin libres a bordo del Ford guinda de Xavier, venimos de un humor inmejorable. Hago bromas kilómetro a kilómetro, que los tres celebramos entre risas que hacen de mí la estrella de la noche.

Tal vez hasta este punto de la vida no tenga lo que se dice una historia. Muchos mimos, unos cuantos preceptos, alteros de juguetes, problemillas fugaces y de pronto problemas de disciplina, pero nada que pueda sentarme a contar. Hasta el anochecer de este domingo, la vida es una cosa riesgosa para todos, excepto para mí. Me siento —debería decir "me sé", pero a esta edad sentirse es igual a saberse— protegido, blindado, lejos de todo mal, como si con los solos cariños y cuidados de mi familia próxima bastara para convertir a los grandes peligros en sólo malos sueños, de los que cualquier beso me despertará. Y también es por eso que no entiendo qué pasa, ni sé qué nos pasó.

Hasta hace unos segundos iba sentado en medio del asiento, entre los dos, y de un instante al otro estoy casi en la orilla derecha, debajo de Xavier pero encima de Alicia, que se queja: "Mi pierna… mi pierna…" Todavía no acabo de entender que el coche ha dado media voltereta, ni imagino los árboles que lo sostienen sobre el flanco derecho, cuando escucho, aterrado, las voces de no sé cuántos extraños que gritan al unísono "uno, dos, tres". Cataplum.

El Ford está de vuelta sobre sus ruedas, pero el mundo ha dejado de ser el que era. Xavier dice "salvajes", Alicia gime "mi pierna", yo suplico chillando que nos vayamos ahora mismo a la casa. "Mira allá, ese camión, pídele que se pare un minutito y nos lleve." No consigo entender, y esta será la marca del resto de mi infancia, que no exista en el mundo la magia suficiente para salvarlo a uno de las pesadillas. Pienso, desesperadamente porque miro a Xavier salir del coche y pedir no un camión sino una ambulancia, que esa magia tendría que bastarnos para estar ya en la casa. El lugar donde todo va siempre bien, y en caso de emergencia está el botiquín de Alicia, clasificado por orden alfabético —a los seis años, esto me parece una hazaña.

Entre varios extraños me sacan del Ford guinda destrozado y me tienden sobre la carretera. Poco después Alicia está conmigo. Como yo, no ha parado de sangrar. Pero yo sólo sangro de la boca y ella sangra de no sé cuántas partes. Alguien por ahí dice que ha roto el parabrisas con la frente (luego sabré que lo hizo por mí, que me salvó la vida al detenerme). No estoy seguro de saber bien a bien lo que es un parabrisas, puede que lo recuerde en un día normal, por ahora sólo puedo pensar en inyecciones. Según Xavier me dijo alguna vez, en un tono de sorna que no supe captar, los hombres de ambulancia inyectan con tenedores. Y yo me lo he creído tal cual, por eso estoy rezando. No quiero que me suban en una ambulancia.

Uno a veces se agarra de los ogros pequeños para no ver entero al monstruo que está enfrente. Sigo tendido a media carretera con el maxilar roto y mi mamá muriéndose a mi lado, no puedo abrir la boca sin que escurra la sangre, pero lo que me inquieta es el tenedor. Nada absolutamente me parece tan real como ese tenedor que viene a mí con filo de cuchillo. Creo en él aun (y más aún) si no lo he visto, pues nunca haberlo visto es la razón más grande para creer que existe. No lo sé, no me entero de nada, no puedo darme cuenta que ahora mismo un tenedor de mentiras me está salvando de mirar el infierno. Pienso en él y no pienso, me concentro en el miedo que me tiene rezando por nunca conocer por dentro una ambulancia, y ese miedo es bastante para vencer a todos los demás.

Cuando menos lo espero, ya nos están subiendo en una camioneta. Yo adelante, Xavier y Alicia atrás. El dueño es un doctor que se ha compadecido de nosotros y va a llevarnos hasta el hospital.

—El niño —apenas si murmura Alicia.

—Aquí está.

—¿Dónde está el niño? Dime dónde está el niño…

—Aquí adelante viene, está bien —alguna vez Xavier quiso ser doctor. Hasta hoy tiene la curiosa cualidad de aparentar calma profesional en los momentos más desesperados.

En otra situación, cuando menos habría dicho "aquí estoy", pero si abro los labios voy a empapar de sangre el coche del doctor. En lugar de eso voy dando traguitos y descubro que al cabo no sabe tan mal. Podría ser una sopa muy condimentada. Cuando menos me sabe mucho mejor que viajar ensartado por trinches terapéuticos. Al cruzar la caseta de cobro vemos tres ambulancias en contrasentido, con las sirenas encendidas que, dicho sea de paso, me congelan la sangre. El doctor toca el claxon con cierta terquedad, pero los ambulantes ni se enteran, van volando por nadie. Alicia llora atrás y pregunta: "¿Y el niño?"

El resto son imágenes desconectadas. Yo vomitando sangre en el hospital. Xavier con las costillas vendadas, en la otra cama. Alicia en el cuarto de junto, doctores y enfermeras que entran y salen, a veces para hablar con Xavier. Oír entonces, y durante los próximos tres días, que Alicia permanece en estado de coma, no es muy distinto que saberla en estado de apóstrofe. Tengo roto en dos partes el maxilar, pero apenas si siento algún dolor.

Recordaré, eso sí, la mañana en que me llevaron en camilla de ruedas al quirófano, donde el doctor me puso una mascarilla de plástico y pidió: "Respira fuerte, güero". Hasta ahí me duró el miedo a la operación. Las siguientes imágenes son ya de la cama donde me miro con la cabeza vendada (Xavier me ve y me apoda Monje Loco). Estoy bebiendo jugo de naranja gracias a una pipeta de vidrio que a su modo me hace sentir interesante, tal vez porque "pipeta" es palabra nueva. Alicia todavía está muy mal, pero ya junto a mí tengo a Celita, que ha venido llorando en el taxi, y sin duda lo sigue haciendo cuando yo no la veo.

Cada día que paso en el hospital, me voy sintiendo más a mis anchas. Voy tras las enfermeras, las hago reír, me trepo en las camillas-coche y les suplico que me lleven por los pasillos. Mi madre, en cambio, ha despertado al fin al horror: se ha visto en el espejo y pegó de gritos. Sabe que tiene el fémur destrozado y nadie le asegura que vuelva a caminar. Medio recuperado de los golpes, Xavier recorre el laberinto de oficinas que normalmente sigue al choque contra un carro de policías federales.

Pero yo no me entero, nadie me dice más de lo que quiero oír. El día que me vaya del hospital, dos semanas después del accidente, lo haré con una cierta resistencia. Querré seguir jugando con las camillas y sacar canas verdes a las enfermeras. Como si al despertar de la anestesia hubiese descubierto en el espejo un par de cuernos nuevos, relucientes, con el mensaje "úsanos" impreso en la etiqueta.

23

5.

Sin mi madre la casa no era la casa, sino algo parecido a mi reino, administrado diligentemente por Celita y sostenido en vilo por Xavier, una y otro volcados en la sola misión de tenerme contento. La misma gravedad de mi mamá, encubierta celosamente mientras duró, llegaría después en la forma de una buena noticia. Pues había en torno mío una cápsula hermética diseñada para librarme, si no de todo mal, al menos de las sombras de ese mal en mi vida.

Saber que Alicia estaba "mejor", que volvería pronto a la casa, y que a ésta entretanto la tenía completa a mi disposición, solapado además por mi ferviente partidaria —Celita, que se habría dejado despellejar antes que denunciar ante quien fuera la más grande o pequeña de mis faltas— fue también verme armado de poderes extremos para mi edad. Podía hacer todo cuanto quisiera, y ello incluía cualquier maldad imaginable. Seguramente la psiquiatría cuenta con herramientas precisas para encontrar y describir el cuadro mental de un niño como el que era yo a los seis años, pero uno insiste en explicar las cosas exactamente como sucedieron: se me metió el Demonio, y ya.

Mimado a toda hora y en cualquier lugar, habituado a mirar a los adultos antes como mis hinchas que como mis mayores, obtenía a cualquier precio las cosas que quería, y debería decir "a un precio cualquiera". El mundo parecía un almacén sobrepoblado de ofertas imperdibles. *Llévese esta autopista, niño Xavier, le pagaremos lo que usted nos pida...* Y cuando no era así, yo encontraba el camino para que mis antojos se cumplieran.

Me recuerdo raptando y destrozando el reloj de Celita, rompiendo por placer los platos y utensilios de cocina y arrastrándome de la estufa al refrigerador para ver los calzones de las muchachas —que eran rojos, o azules, blancos nunca, y yo me figuraba que les gustaba andar en traje de baño—, todo bajo el disfraz del niño bueno que sufre sin mamá. Cuando hablaba con una enfermera nueva, Alicia no decía "tuvimos", sino "sufrimos" un accidente. Xavier y Alicia estaban ahí para evitarme todos los sufrimientos, y alguien dentro de mí se alzaba ya como Elvis en Las Vegas: *It's now or never.*

Estaba en una escuela diferente, tanto que no había niñas a la vista. Había más cemento y menos pasto. Si el Queen Elizabeth tenía pinta de campo vacacional, el Tepeyac del Valle parecía exactamente la prisión que iba a ser. Puros hombres vestidos de azul marino, listos para mostrar que eran mejores, ni una sola mujer de quien caer perdidamente enamorado.

Quince días antes del accidente, durante mi cumpleaños número seis, había recibido a medio jardín a Beatriz, que me traía de regalo una pelota horrible y venía con un vestido sin mangas que la hacía ver linda y espeluznante, porque ya el corazón latía con tanta fuerza que apenas la abracé por encimita. Luego Alicia se la llevó con las demás niñas, ni modo que jugara con los hombres (aun si el del cumpleaños la amaba con locura).

6.

Hacerme al nuevo medio fue en principio tan fácil como hacer más ruido, gracias y maldades que el promedio de mis compañeros, cosa casi automática para quien ha llegado de unas vacaciones a la medida de sus antojos. El primer día de clases, cuando los otros niños me preguntaban por mi reloj —nadie más traía uno en el salón— les decía orgulloso que se lo había robado a mi abuelita, y por supuesto no le temía al castigo (¿quién iba a imaginar a la buena de Celia castigándome?). Pronto advertí que mi mala conducta me traería más de un problema con la miss, que de por sí era una mujer enojona.

Tendría dieciocho, veinte años, y ni tantita vocación pedagógica. Sería por eso que alguna mañana, cansada del escándalo reinante, repartió prohibiciones y amenazas para los hablantines, los gritones y especialmente los cantantes. "Solamente las niñas cantan", repetía, y para que a ninguno se le olvidara se inventó un castiguillo juguetón: el próximo al que viera canturreando se ganaría un moño de niña en la cabeza. Como tantas y tantas veces me pasaría después en días de escuela, el próximo fui yo.

Me recuerdo sentado frente al salón, en la cabeza un moño de papel sostenido por dos pasadores, como los que Celita usaba para agarrarse el chongo. Puedo ver todavía las risas y las muecas de mis compañeros, como en una pintura. Tenía rabia, además, porque lo que yo hacía no era cantar, sino tamborilear con labios y dientes, pero igual resulté el elegido para la magna inauguración del patibulito. Semanas antes, habíamos visto a otra miss arrastrar de salón en salón a un niño que se hacía pipí en la clase, sin preocuparle mucho que el infeliz viniera empapado en lágrimas.

A lo mejor por eso no lloré. Con las lágrimas quietas en la puerta, maldiciendo mi suerte y masticando vergüenza, me quedé quietecito sobre el banco, sin ya pensar más que en la forma de evitarme otro castigo igual hasta el último de mis días. Al final de la clase, cuando éramos ya tres los enmoñados y mi vergüenza iba pasando de moda, decidí que jamás volvería a cantar. O, cuando menos, que nunca nadie me vería cantando. Pues cantar me gustaba tanto como las niñas, los mimos de mi abuela y otros vicios que bien haría en mantener ocultos frente a mis compañeros. Una vez enseñado a mentir, tenía que aprender a disimular.

Había demasiados secretos por cuidar. Cuando alguien preguntaba si me habría gustado tener un hermanito, replicaba furioso que jamás, ya que ello supondría quitarme la mitad de los juguetes, cariños y regalos que sin parar venían hacia mí, pero lo que en verdad me preocupaba tenía que ver con todos mis secretos. ¿Qué tantas cosas no iba a contar de mí alguien de mi tamaño que de seguro me espiaría del desayuno a la cena al desayuno? El precio, sin embargo, era vivir rodeado de misterios más grandes que yo.

Por las noches, rezando el padre nuestro que Alicia me enseñó antes del accidente, suplicaba librarme de tanto fantasma, pero ellos no querían sino reproducirse, no sólo porque desde pequeño los problemas vinieron a mí como las moscas, también porque ninguna cantidad de regalos, besitos y juguetes parecía suficiente. Quería más. El mundo entero ahora y a como diera lugar. Por eso me atreví a hacerme ladrón.

7.

Se supone que un niño como aquél no tenía motivos para robar. Nunca había pensado en quedarme con el dinero, el lunch o los juguetes de nadie, pues para eso tenía una abuela entusiasta, un padre cómplice y una madre incapaz de corregirme (la recuerdo intentándolo desde la cama, cuando me descubrieron el reloj de Celita en la bolsa del pantalón, todo para que al fin nadie me castigara). Había, sin embargo, ciertos objetos que yo codiciaba y no podía tener. Otros niños, en cambio, los enseñaban cada cinco minutos, para que algunos viéramos cuando menos de lejos cómo era un vale de buena conducta.

Aun los días en que lograba pasarme largos ratos con los brazos cruzados y la boca sellada de muy poco servían para que la miss atinara a premiarme con una de esas milagrosas tarjetas blancas, que en la casa valdría por un premio especial. Tenía seguramente mala reputación, y hasta con los bracitos bien cruzados encontraría la forma de distraer mi atención y las otras. Antes que darme un vale, la miss me habría dado de baja del salón.

Entendí al fin que un niño como yo sólo puede obtener un vale de buena conducta con el auxilio de malas artes. Mejor que convertirme en esa estatua mustia que a nadie conseguía engañar, inventé un plan un tanto temerario, sensato sólo para quien puede ver al mundo desde tan abajo.

Cada vez que la miss me castigaba echándome al pasillo, o de plano me enviaba hasta la dirección, no había persona adulta que reparara en mí. Pasaba inadvertido de un corredor a otro, y si alguno me hablaba lo hacía desde arriba, sin concederme un gramo de malicia. ¿Y qué tal si a la hora del recreo me metía al salón de clases, sacaba un vale del cajón y salía como si cualquier cosa? Si alguien me preguntaba, diría que olvidé algo en mi mochila. ¿Estaría prohibido meterse en los salones a la hora del recreo? Yo suponía que sí, pero de todas formas nadie lo intentaba. ¿Quién querría encerrarse en el salón cuando todos jugaban en el patio? Un ladrón, solamente.

Suena duro: *ladrón*. Sobre todo si uno tiene seis años y nunca ha visto a un ladrón de verdad. Aunque esa parecía una ventaja. Si en el curso no había rateros conocidos, nadie sospecharía de mí, así me descubrieran saliendo del salón. A los seis años nadie es sospechoso. Se inventan las maldades y se llevan a cabo con la ansiedad acalambrada del pionero. Cuando llegó la hora fui y vine, entré y salí sin que una sola miss u otro niño me vieran.

Pocos momentos recordaría luego con la siniestra nitidez de aquel: mis manos temblorosas abriendo el cajón, sacando el fajo de tarjetas, estirando la liga, tomando sólo una, no fuera a darse cuenta, devolviendo los vales a su lugar, dejando cada cosa donde estaba, saltando hacia la puerta para que poco a poco el aire regresara a mis pulmones. Listo. Era un ladrón de seis años, pero era también dueño de una de esas tarjetas que no tenían precio sobre la tierra.

Ya no sé qué regalo me entregaron a cambio, pues la auténtica recompensa había sido salvarme de que me descubrieran. Más aún, el solo acto de abrir el cajón, arriesgándome a ser expulsado de la escuela por robarle a la miss y engañar a mis padres, valía a solas el precio de entrada. Me había gustado sentir esa cosquilla, contener el temblor, esconderme, escurrirme, jugármela. ¿Cómo evitar la angustia deliciosa de hacerlo una vez más?

Hasta entonces, había mentido sólo en defensa propia; pasar a la ofensiva y tener éxito me hacía sentirme capaz de cualquier cosa, menos de renunciar al siguiente premio. ¿No tendría un niño ladrón que saberse dispuesto a lo que fuera? Dos semanas más tarde, guardaba un chico fajo de los preciados vales. Serían ocho, diez. Los bastantes para irlos administrando por el resto del curso, sin tener que meterme al salón de contrabando por ¿quinta, sexta vez? Me despedí, eso sí, con un botín de tres vales al hilo, salvoconductos para portarme mal sin pagar consecuencias, y al contrario: cobrándolas.

Quedaba por supuesto un último peligro: si Xavier o Celita llegaban a encontrarse con la miss, sus quejas inminentes chocarían contra esos vales de buena conducta que nadie en sus cabales me habría dado. Era un teatro que no podía caérseme. Cuando menos pensé, ya estaba rezando (como si Dios estuviera en su puesto sólo para ayudar a los estafadores). Cuando el día llegó, el Diablo me encontró listo para atacar con otra patraña.

Era viernes, quizás alguna fecha especial, pues Xavier, que trabajaba en el Centro, solía llevarme pero no recogerme. Cuando llegó hasta mí, que me hacía el distraído a medio patio, me lanzó la pregunta que me puso a temblar.

—¿Quién es tu miss, para ir a saludarla? —con todas las apuestas en mi contra, vi pasar a la miss junto a nosotros, mientras perdía el tiempo protegiendo mis ojos del sol en pleno día nublado.

—No la veo, yo creo que ya se fue… —respiré, acomodando por tercera vez los libros dentro de la mochila y calculando que la miss y Xavier estarían al fin lo bastante lejanos para mirarme a salvo del infierno en la tierra. ¿Ratero, mentiroso, embustero, farsante? Ni lo quisiera Dios. Todo eso suponía, según creía yo, un inminente ingreso en el hospicio, donde, según contaban, los niños eran maltratados de la mañana a la noche.

Era así: *el* hospicio, como si nada más hubiese uno, y a nadie parecía caberle duda de que un niño ladrón merecía ir a dar a sus literas (no era digno de camas, claro estaba). Aun literalmente salvado por la campana, regresaba a la casa lleno de miedo. Si Xavier iba otro día por mí, o si la miss tenía el mal detalle de llamarle, el teatro del buen niño se me caería entero y para colmo encima. Me echarían de la escuela y de mi casa. Por ratero.

Como si el mismo Diablo estuviera en mi equipo —creencia truculenta que llegaría más tarde para darme tormento— sucedió que la miss de primero de inglés renunció a la mitad del curso. No solamente mis fechorías quedaban impunes; también podía usar el resto de los vales mientras nos asignaban una nueva miss. Y ese es justo el problema de recibir la bendición del Diablo: uno cree que esa suerte fantástica seguirá siempre allí, se acostumbra muy pronto al privilegio. Condición favorable al arribo de otros diablos menos encantadores. ¿Me había acaso salido con la mía luego de ver las pruebas del delito desaparecidas? Sí y no. Sí, porque nadie más tenía que saberlo; no, porque los demonios lo sabían conmigo.

Mientras Celita estuvo al cuidado de Alicia, que tardaría casi un año en recuperarse, su presencia bastó para absolverme de lo que fuera. Con o sin vales de buena conducta, la buena de Celita me creía incapaz de malos pensamientos. Podía pasarme el año buceando bajo los vestidos de las muchachas, tramando raterías, entretejiendo engaños y aprendiendo a su costa a simular, que Celita sería la primera en sacar la cara por mí.

Un día, el niño de enfrente —nos caíamos mal, nunca fuimos amigos— le contó a su mamá que cada tarde yo le aventaba bolas de lodo desde mi casa: la inocente mujer creyó que haría justicia quejándose directamente con Celita... De ese día en adelante, el vecino se convirtió en el peladito, y yo en la pobre víctima "de ese malvado escuincle que ni educación tiene, hay que ver la fachita de la madre". ¿Cómo no iba a creerme mi abogada mayor, si además de tener la cara de mustio del niño en el retrato de la sala, me había ganado todos esos vales de buena conducta? ¿Pretendía el peladito quitarle crédito al orgullo de su sangre? Sólo eso le faltaba, entre tanta desgracia.

8.

La vida de Celita antes de mí no había sido del todo desdichada, pero sería tal vez un extremo romántico ensalzarla como *azarosa*. Lo cierto, sin embargo, es que desde temprano fue gobernada por el sobresalto. Muerta su madre durante el mismo parto, Celia creció entre medias hermanas no siempre fraternales, y a la muerte del padre —ocurrida temprano, a los seis o siete años— fue enviada a un internado de señoritas ricas, del cual saldría a media insurrección huertista, sólo para encontrarse heredera de nada, pues incluso su piano de cola había sido rematado por Mercedes, la hermanastra fatal.

Casada infelizmente, viuda súbita, madre joven de un niño y una niña, pasaría Celia el resto de sus días peleando cuerpo a cuerpo contra la adversidad, y a menudo ganando por diferencia mínima. Si me diera aquí mismo por relatar la vida que ella insistentemente me contó, es probable que el otro libro se comiera a éste. De hecho, he intentado también escribir esa historia, pero algo se me atora. Y ahora mismo aquí se está atorando, cuando voy para atrás a relatar la vida de quien un día volvió a nacer conmigo.

Sé que mi abuela era otra antes de conocerme, y que sin ella yo no sería el mismo. Nos habíamos inventado el uno al otro, estábamos tan orgullosos de juntos ser los que éramos que veíamos la vida desde un acolchonado final feliz. Y todavía mejor, final risueño. Podía, si quería, mentirle o traicionarla, que ella estaba dispuesta a asimilarlo todo desde una perspectiva tan magnánima que no tenía empacho en hacerse entusiasta. Sólo una situación podía convertir a Celita en madre autoritaria y terminante: cuando su hija Alicia pretendía escarmentarme en su presencia. "¡Ay de ti si te atreves a levantarle una mano al niño!"

Mi Manita no volvió a tener un piano, pero mucho después, cuando Alicia y Xavier me regalaron uno —a mí, que para entonces solamente aceptaba una guitarra eléctrica— Celita se sentaba y lo tocaba con dedos memoriosos y temblones, y yo sentía ganas de publicar que tenía una abuela pianista. Cuando se fue de vuelta a su departamento —vivía céntricamente en la colonia Cuauhtémoc, llevaba un año padeciendo el exilio en San Ángel Inn, numerosos kilómetros al sur de todo cuanto parecíale funcional en la vida— me tocó entrar al fin en la primaria, y así mi buena suerte se esfumó.

¿Qué iba a hacer ahora Alicia para meterme de regreso al aro? Hasta mis altas técnicas de chantaje moral se vieron reducidas al rango de berrinches, una vez que mi madre descubrió la clase de monstruito que en su ausencia virtual había ido incubándose.

De una mañana a otra, el paisaje completo era distinto. Por alguna razón que no encajaba, los traviesos se habían convertido en rufianes. Era como si todos menos yo estuviesen perfectamente preparados para estar en primero de primaria. Me sentía perdido, insuficiente, favorito constante del ridículo. ¿O debería decir "me fui sintiendo"? No sé cuándo empezó, ni cómo, ni por qué, pero meses después de cumplir los siete años ya era yo un extranjero en esa escuela. O para el caso en ese salón, que era el número 13, equivalente a primer año, grupo C.

Nos habían clasificado en tres grupos, y me tocó en el de los más movidos. Es decir que estaría, tentativamente por el resto de la primaria, del salón 13 al 63, siempre rodeado de niños intensos, y a menudo más que eso. No era casualidad que salieran más castigados del salón 13 que del 12 y el 11 juntos. Hasta el ruido variaba de un salón a otro. Si el 11 parecía clínica privada, el estruendo del 13 lo hacía confundible con un reformatorio.

9.

El regreso de Alicia a la vida activa nos había llevado de vacaciones a Ixtapan de la Sal, primero, y luego a San Antonio, Texas. No había nada en el mundo como las vacaciones. Entre los juegos a la orilla de la alberca en el hotel, el prodigioso estuche de 64 crayolas que Alicia me compró en un Woolworth y el radio anaranjado de transistores con el que Xavier me abrió una ventanita hacia el mundo prohibido de la música (cosa de niñas, claro), había regresado satisfecho al ritmo familiar que el choque interrumpiera, pero hubo un incidente que debió presagiar el final del idilio: apenas regresamos a la ciudad, alguien de la familia le llamó a Xavier. Mi abuelita Bertha, diabética avanzada, había tenido un derrame cerebral y llevaba ya días agonizando.

La recuerdo de un viaje a Acapulco. Xavier había insistido en llevarla, aun si su ceguera progresiva la dejaba enterarse sólo de lo que oía. Íbamos ella, nosotros tres y Andy Owens, uno de los amigos de Xavier en Columbia. Cada vez que escuchaba a mi madre hablándole en inglés al gringo, que era negro, grandote y simpatiquísimo, refunfuñaba como un militar y enderezaba el dedo: "Alicia, dígale a este señor que como México no hay dos".

(Se llevaban tan bien, Alicia y Bertha, que gracias a las confidencias de su suegra vino a saber mi madre la clase de gentuza que eran algunos de ésos a los que yo llamaba "tíos" y "tías". Ya sin la abuela Bertha, la parentela seguiría el camino de una dispersión lenta, cuyo efecto me dejaría todavía más cerca de Celita.)

Cansada hasta los huesos de una vida difícil desde siempre, Bertha se fue unos días más tarde, y una vez más mi casa se llenó de sombras. Si la muerte se había dibujado tras las cortinas cuando Alicia perdió litros de sangre, ahora entraba en las últimas estancias y dejaba a Xavier sin su abogada de toda la vida.

Vigilado de cerca por un padre iracundo y dos hermanos tiránicos —los mayores, de siete—, Xavier había sobrevivido a su infancia espantosa de la mano de aquella señora infatigable cuya ausencia de pronto me recordaba que el huérfano también podía ser yo. Unos minutos más sin hospital me habrían dejado como a mi papá: hueco, perdido, solo, con la tristeza pudriéndose adentro.

Me lo dijo de noche, caminando, mientras paseábamos juntos a Tazi, el cachorro de afgano que había llegado a mi vida durante el año mágico en que goberné el mundo. Su pobre madre se había ido al cielo, y esa idea, pensada para confortarme y evitarme las pesadillas de rigor, me dejaba más espantado aún, puesto que aquel temita del cielo y el infierno difícilmente podía devolverle la calma a quien ya se miraba candidato a pagar sus maldades ante el hombre del trinche, los cuernos y el perol.

Si la abuelita estaba ya en el cielo, lo más posible era que nunca más nos viéramos. Si había un paraíso, y por tanto un infierno, mi destino sería estar con los ladrones, los mentirosos, los más malos de todas las películas, castigados por todos los siglos de los siglos. Me estremecía pensarlo, desde entonces, y más cuando en la escuela supe que el único camino para salvarme consistía en contárselo todo a un sacerdote, antes de la primera comunión.

¿Verdad que los ladrones se van al infierno?

—Claro que sí —me lo confirmaría Alicia, divertida—, ¿por qué?

—Hay un niño en la escuela que es ratero, y yo digo que va a tener que confesarse.

—Sí, antes de la primera comunión.

—¿Y qué le va a decir el padre, con esos pecadotes?

—No sé. Tendrá que platicar con los papás, supongo —había conseguido que lo habláramos en un tono casual, dizque despreocupado, como si se tratara de un argumento de *Los Picapiedra*. Alicia, por fortuna, se distraía apenas en responder.

Porque claro, ni modo que estuviéramos hablando de ese niño inocente que era yo, incapaz de robarse un alfiler.

¿De manera que el día de mi primera comunión tendría que haber soltado enterita la sopa? ¿No podía esperar hasta el día del juicio final? No había a quién hacerle esas preguntas. Los únicos oídos cien por ciento confiables pertenecían a Tazi, que no daba consejos pero tampoco me iba a dar coscorrones, ni tenía el poder de enviarme al hospicio. ¿Cómo evitar que un cura boquiflojo y metomentodo me desenmascarase frente a la familia? ¿Celebrarían aún mi primera comunión, o la cancelarían para hacerme llegar más pronto al hospicio? ¿Iba a desayunar pastel y atole el raterito?

Faltaba mucho tiempo, afortunadamente. Alicia pretendía que el evento no sucediese antes de mis ocho años, pero esa relativa tranquilidad iría menguando pronto, apenas el terror al Demonio y sus dominios diera en atormentarme endemoniadamente, a través de la truculenta tenacidad de aquella inapelable cuenta regresiva. Incluso los momentos más esperados, como la navidad, mi cumpleaños y las vacaciones llevaban el estigma del engaño. Seguía condenándome cada vez que aceptaba privilegios, regalos y festejos que estaba a gran distancia de merecer, tal como el cielo se halla naturalmente lejos del infierno.

Vivía, en mi cabeza, un tiempo prestado, y ni siquiera eso. Nadie se había ofrecido a *prestar* nada, era yo quien robaba esas horas a la mala, valiéndome del miedo a los infiernos disfrazado de ingenuidad angélica. ¿Con qué cara me iba a dejar llevar al catecismo, sabiéndome seguido por tan extensa cola? Tras la muerte de mi abuelita Bertha, los diablos cobradores encontraron camino despejado en mi conciencia. Nadie mejor que yo sabía que, tal como en la oración, el niño del retrato había merecido el infierno y perdido el cielo.

II. La historia

Nosotros vivimos entre lo prohibido
y lo obligatorio.

WENDY GUERRA, *Todos se van*

1.

Tal vez el principal problema del infierno sea su atroz carencia de señalización. Cruzamos sus fronteras sin jamás advertirlo, y así sobrevivimos aterrados ante la perspectiva de estar donde ya estamos. Sólo al salir, con suerte, sabremos que estuvimos, lo cual difícilmente nos servirá para evitar volver. Porque, claro, no hay señalización.

Me habría ayudado mucho saber entonces, como lo tuve claro después, que había un sentido en visitar el infierno, más allá de pagar por pecaditos que ni siquiera había confesado. Cuando el infierno se instaló en mi vida, nada en ella acusaba más sentidos ni fines que asistir con la boca abierta aunque callada y esperar que el Demonio se apiadara de mí. Pero no he comenzado, el Infierno parece lejos todavía...

Tengo un perro greñudo al que no dejo en paz, unas crayolas gringas impresionantes, media recámara repleta de juguetes y dos grandes amigas instantáneas cuyo trabajo diario es también soportarme la tarde entera. Creo que todavía estoy al mando de cuanto me rodea, pero hay algo que falta.

Mis compañeros ya juegan futbol y yo no sé ni cómo pegarle a la pelota. En realidad, soy malo para todos los juegos. Me cuido demasiado de lastimarme, soy torpe con las manos y peor con los pies, mi único talento está en poner apodos, y eso tampoco me hace popular.

Sólo algunos amigos fueron a dar al mismo salón, pero han dejado de ser mis amigos. Hace tres meses que cumplí los siete años y me pregunto ya si no seré demasiado infantil para ellos. Todavía a los cinco años, con las niñas mirando y riéndose de mí, me negué a caminar sobre una viga de equilibrio, y hoy sigo siendo ese mismo miedoso. Si otros consiguen ser intrépidos y oportunos y simpáticos, yo soy lo mero opuesto de esas cosas, y lo sé porque todos los días, a la hora del recreo, camino a solas por el patio con un sándwich, un vaso o una bolsa de papas en la mano.

Al principio trataba de jugar con los otros, pero uno acepta cierto número de rechazos, hasta que se convierte en un solitario arrogante, de modo que parezca que se alejó primero. ¿Quién querría ser amigo de quien no tiene amigos? ¿No es cierto que la roña de los solitarios se contagia como la mala suerte y la fama de bueno para nada? Vamos, no es que me vaya *tan* mal, ni que no pueda responder los exámenes, pero algo en el ambiente debería decirme para dónde va el mundo y en qué momento me caerá encima.

Síntomas, tal parece que les dicen. Tener pocos amigos, o ninguno. Estar solo, jugar a solas, nunca ser elegido para armar un equipo, aguantar unas burlas y devolver otras, pasar por alto algunos golpes y pellizcos: nada parece demasiado grave, y si lo pareciera sería una razón para ocultarlo. ¿Tengo la culpa de no tener amiguitos, ni habilidades claras, ni popularidad de ningún tipo? No sé, pero si insisto en rascar donde no debo me topo con la historia del raterillo, y partiendo de allí me considero un niño imperdonable.

¿Me atreveré a contar la verdad más oscura de mi vida cuando llegue el momento de confesarme? Seguramente no, me falta valentía y a como van las cosas me va a seguir faltando. Por las noches, después del padre nuestro y el ave María, siento ya la vergüenza del veredicto a la hora del juicio final (cuando toda la humanidad, horror, me estará viendo): *¡Al infierno, por ladrón!* Lo peor será saber que en el fondo me voy a ir por cobarde.

2.

Es fácil ser un niño cobardón cuando se crece protegido, privilegiado y solo. Nunca he sabido lo que es cuidar mis cosas, ni defender mi espacio, ni tener que pelearme por nada. Me aburre competir. A menudo, la sola compañía de otros niños me hace sentir incómodo, más todavía cuando son demasiados y no se me parecen. En el colegio, pues.

Cuando tenía seis años, mi insolencia alcanzaba para disimular esa rareza que iba creciendo más pronto que yo. En esas circunstancias, orgulloso de ser un niño malo y ladrón capaz de cualquier cosa, lo fácil era ridiculizar a algún otro más débil, de preferencia ya ridiculizado. Sumarse a la pandilla de las hienas y cebarse sobre el primer corderito. Después reírse estúpidamente, de dientes para afuera, como hiena. Por eso ahora, ya con siete desesperantes años, muy lejos de mi reino de escuincle perverso, cargo también con un recuerdo odioso que de pura vergüenza me quita el sueño.

Todos le dicen Moll, no sé su nombre. De cualquier forma nadie lo toma en cuenta. Es uno de esos tímidos aniñados que sólo sirven para hacerlos sufrir. Entonces iba en el otro salón, ahora ya va en el 11. Pero veo que en la fila lo molestan, lo empujan, y me enoja lo fácil que lo hacen llorar. No es que en el fondo crea que soy mejor que él, pero uno de mis máximos orgullos es nunca haber chillado enfrente de otro niño. ¿Habría servido de algo llorar el día que la miss me puso un moño en la cabeza?

La pura idea de sollozar así, con las llaves del alma bien abiertas y el orgullo en pedazos trapeando el piso, me aterraba lo suficiente para aborrecerla. Por eso un mediodía, al final del recreo, cuando Moll ya se había formado al frente de la fila con la sonrisa franca que de repente me pareció detestable (de otra manera no me iba a atrever), me fui acercando a él disimuladamente, hasta que estuve lo bastante cerca para darle la bofetada de su vida.

No había motivo, esa era la gracia. Tenía el pelo demasiado rubio, era menudo, flaco, retraído, frágil. Lloraba como niña, sin preocuparle un pelo el qué dirán. Y esa tarde lloró como nunca vi a nadie hacerlo frente a mí, por mi mano y porque me daba la gana. Nada más cachetearlo, sentí fluir adentro la mezcla de poder, miedo, traición, piedad, arrepentimiento y vergüenza que separa la travesura de la canallada. No me había ganado el respeto de nadie, y sí el desprecio de los que estaban cerca.

De entonces hasta ahora, que he caído en picada hasta un lugar apenas preferible al de Moll, la escena de ese llanto desgarrado me vuelve a la cabeza igual que un alma en pena. Y él sigue allí, formado hasta adelante a mediodía. No me atrevo a mirarlo cuando está cerca, tal vez me haría bien pedirle una disculpa después de tanto tiempo, pero al final tampoco me atrevería.

Resiento los efectos de aquella cachetada que le revolvió el cráneo al pobre de Moll y me lo pudrió a mí. Si él se libró del trauma yo no he podido, y a lo mejor no voy a acabar de poder. Pues si para él la cachetada no tuvo motivo, para mí lo tenía sobrado, y aún hoy lo conserva. Visto desde donde yo estaba, el golpe no era para él, sino para mí. Me daba tanto miedo llorar un día así que estaba listo para abofetear a la primera imagen que osara parecerse a mi pesadilla. Y ese era Moll: sus ojos de asustado, su quijada temblona, su tristeza profunda al rayo del sol. ¿Quién no le tiene miedo a terminar así? A como van las cosas ahora, corro el riesgo ya no de terminar, sino de *comenzar* igual que Moll.

Mi problema ya no es la soledad, como el asedio. Cuando salgo a recreo, algo en mí se relaja. Tengo al cabo cuarenta minutos para ir a hacer a solas lo que se me antoje, como mirar de lejos a los que juegan, caminar por el patio sin rumbo fijo, sentarme bajo un árbol y hacerme pequeñito para que por favor nadie repare en mí. Desde que entré a primero de primaria, los días de clases se dividen en dos: por las mañanas, Miss A nos da cada materia en español; luego del mediodía, Miss D trata de hacer lo mismo en inglés. Ninguna de las dos me tiene en gran concepto, entre otras cosas porque nunca estoy quieto. Además, doy problemas.

Lo que muy al principio eran pellizcos, zapes y pataditas, ha ido cobrando fuerza. Mi antipatía es ya motivo de diversión. Y ni siquiera sé cómo ha pasado. Poco a poco he aceptado el mandato de la manada, sin entender sus reglamentos silenciosos ni imaginar la forma de aprobar sus exámenes. No sé muy bien qué es lo que está de moda, qué tendría que decir o gritar o callar para ganarme alguna simpatía. Los más fuertes, que son también los más gritones, sólo voltean a verme para fanfarronear a mis costillas, y eso los hace más populares. A veces, mientras me paseo por el patio, temo que ya jamás voy a estar a la moda, porque cualquier día de estos la gran moda va a ser darme patadas.

3.

Tengo algunos amigos. Javis, Efra, Enriquito, hijos de dos amigas de mi madre. Los dos primeros son hermanos, tienen siete y
ocho años; el tercero nació tres meses antes que yo y está en la
misma escuela. Salón 11, con Moll. En las horas de escuela, Enriquito pretende que no me conoce. Y luego, cuando estamos
comiendo en su casa, o jugando en la tarde, hace como si no
supiera lo que me pasa. Como si nunca hubiera visto nada. Eso
me tranquiliza, o de menos me libra de explicarle todo lo que yo
mismo no me explico. Él tiene tres hermanas, pero no deja que
se nos acerquen. No sé si ya sospeche que sospecho que la pasan
mejor que nosotros, o en fin, mejor que yo, pero ni muerto lo
reconocería. Los niños que se van a jugar con las niñas son todavía menos respetables que los chillones y los acusetas. Cuando,
cosa bien rara, jugamos al turista o vemos tele con ellas, yo me
divierto mucho, secretamente.

Hay una magia haciéndome cosquillas cada vez que aparecen las niñas en los juegos, y pensarlo me parte en dos mitades,
la que sonríe y sueña sin decirlo, y la que de repente se aflige
porque según la moda yo tendría que aborrecer a las niñas, como
todo hombrecito de mi edad. Y resulta que en todo estoy al revés.
¿Qué dirían Efra, Javis y Enriquito si supieran que soy uno de
esos exóticos que prefieren las niñas a los niños?

A las hermanas de Enriquito les divierte la música. Tienen
un espantoso tocadiscos portátil —viejo, estorboso, feo—, pero
daría el alma por tener uno igual. Cuando nos ponen juntos a
hacer la tarea, no me levanto hasta que ellas terminan y se llevan
la música a otro lado. La verdad es que no hago ni la tarea, estoy
muy ocupado oyendo sus canciones. Debería decir *devorándome-
las*. Odio discretamente a Enriquito cuando prende la tele sólo

por provocar a sus hermanas. Y después se pelean y tengo que ir tras él, maldito sea.

No es que la pase mal con Enriquito, pero me desespera que sea tramposo. Necesita ganar en todos los juegos, y a mí me importa poco perder, a menos que lo agarre haciendo trampa. Entonces me enfurezco y él se indigna y se larga a su tele. Puede faltarle todo, excepto la televisión y el futbol. Nunca tiene problemas en la escuela, es silencioso, disciplinado, mustio. Yo, en cambio, sólo tengo la última de esas virtudes, por eso a veces lo dejo creer que me hace alguna ilusión ganarle en este o en aquel juego. Por más, pues, que Enriquito y yo juguemos una, dos o tres tardes por semana, nos miraremos siempre con extrañeza y solamente nos encontraremos en temas clandestinos, como las más recientes palabrotas y el lugar por donde hacen pipí las niñas.

Vistos de cerca, Efra y Javis son mejores personas que Enriquito —como Alicia lo llama, pese a que se da cuenta que es un aprovechado— y puede que sea ése su defecto mayor: son *demasiado* buenos. Sus maestros maristas luchan por convertirlos en una mezcla de acólito con boy-scout. Viven, además, en un departamento donde las travesuras grandes no pueden ocultarse, y hasta las más pequeñas parecen peligrosas. Tienen un hermano más grande, Rober, que es todavía más sano y bueno que ellos, y a lo mejor lo admiro en secreto, con esa reverencia imitamonos que despiertan los niños grandes en los chicos.

No se me da la envidia, no la entiendo. Me gustaría ser tan bueno y habilidoso como Rober, tan abierto como Efra o tan cumplido como Javis, pero está visto que no voy a lograrlo, porque en el fondo no quiero ser bueno. Todas las noches me arrepiento de haberme convertido en ladrón, pero luego también me enorgullezco de haber hecho esas cosas a esa edad, sin que nadie se diera cuenta de nada. Pienso de pronto que es mi única fuerza: soy muy bueno para el engaño. Enriquito me hará todas las trampas del mundo, lo mío es engañar. Antes porque quería que me mimaran más, ahora para que nadie sepa cuánto me odian. Engaño a los que quiero para que ellos no sientan vergüenza de quererme.

Puede ser que prefiera la compañía de Enriquito sólo porque a él no tengo que engañarlo. Sabe lo que me pasa en el colegio y no le importa. Él es feliz con la televisión, tiene un par de juguetes destartalados y es capaz de guardarse la mitad del peso que Alicia nos regala a cada uno. Yo, en cambio, mudo de juego cada media hora, tengo montañas de juguetes en la recámara y el dinero jamás se me calienta en la bolsa. Soy un niño tan infinitamente afortunado que tolero sin demasiadas protestas la ruindad natural del tramposito, puesto que sin su chapucera compañía tendría que recurrir a mis juegos extraños de siempre, como buscar hormigas en el patio, dotar de personalidad a las piedras presentes o bautizar con nombres de mujer a mis canicas. Cosas que, de saberse en el colegio, acabarían con lo poco que queda de mi reputación.

Eso sí, hasta hoy ninguno, ni siquiera Enriquito, me ha mirado llorar. Tomando en cuenta lo chillón que es él, tengo un punto importante a mi favor. No lloro, aunque me caiga y me escurra la sangre. Por lo demás, insisto, Enriquito no sabe lo que son los problemas. Nunca lo han castigado en la dirección, ni el prefecto lo nombra a la hora de hacer filas, ni tiene la libreta de calificaciones repleta de llamadas de atención, y en mi caso esos son solamente los problemas menores. Nada que me desvele y me haga llorar solo, como saber que voy a irme al infierno, o tal vez al hospicio, y que allá de seguro me van a pegar más.

4.

Cada domingo vamos a la iglesia de Tlacopac, que es la que está más cerca de la casa. En una de ésas, Alicia se ha acercado al sacerdote y le ha pedido que le recomiende una persona que pueda prepararme para la comunión. Cuando alcanzo a escuchar que "la señorita G" me dará las lecciones cada tarde de lunes, imagino a una chica de falda corta y tacones altos, que con alguna suerte me ayudará a librar mis aflicciones secretas. Pero el lunes siguiente me topo con una solterona rancia, flaca y entrapujada, que desde el primer día me habla de los infiernos con una convicción espeluznante. Por si esto fuera poco los malos, según ella, son malísimos, y los buenos parecen incapaces del mínimo pecado.

Podía imaginarme al niño dios perdido, igual que yo en el Macy's, pero nunca robándose unos vales de buena conducta, ni abofeteando a un compañero indefenso, ni mirándole los calzones a nadie. ¿Habría escogido Jesús a un apóstol con esos antecedentes? El asunto está claro, soy uno de los malos. Supongo que por eso, cuando vamos al cine, estoy siempre del lado del villano. Más todavía en el autocinema, donde Xavier y Alicia me meten escondido bajo almohadas y cobertores —la película, *Slurp*, no es apta para niños— y al cabo yo me oculto de los vigilantes igual que los villanos eluden el acecho de la policía. Somos del mismo bando, eso se entiende.

Hace unos días, cuando nos preguntaron por nuestra película favorita, Efra les dijo *Bambi* y yo *Cómo robar un millón*. Disfruté de verdad cuando me vieron raro, como a un aguafiestas. Pero en mi mundo los aguafiestas son los que llevan gorra y uniforme azul. Hasta que llega el lunes y la tal señorita me proyecta una nueva película de horror. Por mi culpa, por mi culpa, por mi grande culpa.

La verdad es que tengo algunas amistades en el colegio, pero casi ninguna lo bastante firme para considerarlo mi amigo. La excepción es Raúl Guzmán Macotela, que como yo está por cumplir los ocho años y no es precisamente popular en el salón 23. Pero Raúl también se pasa de bueno, y yo no me decido de qué lado estar. Puesto que entre Raúl y sus amigos soy *demasiado* inquieto, y hasta a veces violento. El día que me invita a comer a su casa, encabezo los suficientes desmanes para que nunca más me vuelva a invitar.

Una vez, a la hora del recreo, Raúl y yo discutimos hasta las patadas, y en medio de la bronca le saco sangre; varias horas más tarde, nuestras madres se arreglan en el teléfono y yo entiendo que no podremos seguir siendo amigos. Aun así, cuando días después volvemos a hablarnos, me queda la esperanza de que Raúl me invite a su fiesta.

Como era de esperarse, Raúl y sus amigos apagaron las ocho velitas sin mí, pero pronto me entero que él tampoco lo disfrutó. Le dolía la cabeza, también la garganta. Desde entonces no ha regresado a clases. Muchos días después, Miss L —mi maestra de español de segundo año, que sí usa minifalda y es guapísima— nos reunirá al comienzo de la mañana para explicar la ausencia de nuestro compañero: Raúl Guzmán murió durante el fin de semana.

Nadie sabe de qué, se lo achacan a un virus desconocido que pudo estar en esas bolsitas de chamois que Raúl mordisqueaba como caramelos. A la hora del recreo, camino por el patio como un zombi. Pienso en el día que lastimé a Raúl, me pregunto si aún tendría la costra, o si le habrá quedado cicatriz. Qué más da, si está muerto. Me digo que mi único amigo es un muerto y me escondo en el baño para chillar de miedo.

Ya en la tarde, cuando termine la hora de catecismo y yo me aflija calculando que Raúl está listo para el juicio final, Alicia volverá del velorio con el semblante todo descompuesto. No estoy solo en mi horror, cuando menos. Cuando llegue Xavier a la casa, no tardará en prohibirme para siempre el chamois, y yo me iré a la cama piense y piense que mi amigo Raúl ya es un cadáver. Mañana mismo lo van a enterrar.

5.

La señorita G es amable, pero odiaría pasar navidad a su lado. Me ha contado la vida de san Pablo, como si ya supiera que a mí también me tiran los caballos. No sólo me dan miedo las historias que cuenta, sino esa miradilla de rayos equis que empuja hacia las cuevas negras de mi conciencia. Su voz es una antorcha empapada en gasolina que se quema en la sala de mi casa, y sus ojos acechan detrás del catecismo para ver con qué cara salgo del incendio. Por eso escucho y pongo cara de bueno, para que crea que apenas me entero. Salgo, pues, de mi casa en llamas, cojo la bicicleta como si nada y me voy por ahí chiflando una canción (y esperando que no haya nadie cerca, pues todo mundo sabe que las canciones son cosa de niñas).

La carita de bueno y la de bruto se parecen en todo menos en un detalle: los que ponemos cara de bueno lo hacemos con alguna chispa de orgullo que en la cara de bruto se vería mal. Cuando es uno culpable y no hay cómo salvarse del castigo, la carita de bruto les inspira piedad. En cualquier otro caso, la carita de bueno es ya un vale de buena conducta. Me siento mal sólo de imaginar la cara que pondría la señorita G si se enterara de que soy ladrón.

Soy el ladrón que lastimó al niño muerto, lo demás es un show que los grandes me creen porque así quieren. Casi todas las cosas que les cuento las escuchan sonriendo, como si hubieran comprado un boleto. Y de pronto, cuando me esmero en hacerles una pregunta difícil, se carcajean como si fuera un chiste, y yo acabo sintiéndome no como el angelito que ellos creen, sino como ese bruto al que mis compañeros conocen, y del que igual se ríen el día entero. O en fin, lunes a viernes de ocho a dos.

Me gustaría decir que soy bueno mintiendo, pero Alicia tiene un olfato espeluznante. Juega sucio, además. Me pone trampas, me hace decir las cosas que luego me delatan, y al final me remata de una sola estocada: "¡Ya te pusiste rojo!" Y como la vergüenza da mucha vergüenza, acabo rojo hasta cuando pretendo decir la verdad. Que es casi nunca, y eso lo sabe Alicia. Cada vez que se enoja conmigo se acuerda: "…y *además*, eres mentiroso". ¿Qué puedo hacer ahora para que me crea? ¿Decirle la verdad, a toda hora y en cualquier parte? Imposible, hay demasiadas cosas que no puede saber.

Si les contara a Alicia y Xavier la verdad de mi vida, tendrían que mandarme de inmediato al hospicio. A menos que tampoco me creyeran. "Ya ves que es mentiroso", dirían. Por eso, cuando de veras necesito que me crean, trabajo mis mentiras. Las invento con todo el tiempo del mundo —en el recreo, en el baño, en la cama, en el coche— y trato de ponerme en el lugar de Alicia. Algún día, cuando haya practicado suficiente, me atreveré a intentar audacias como: "Sé que he mentido mucho, y que no me merezco que me creas, pero quiero decirte la verdad…" A mi mamá le dan ternura esas cosas, y yo me siento como los héroes de esas telenovelas que a Celita le gustan y ni ella ni Alicia me dejan ver, aunque de todos modos las escucho. Nada es cierto en la tele, pero parece, y puede que aún crea secretamente que en algún sitio viven o de menos vivieron los Picapiedra.

Me esmero así mintiendo, y hay veces que me salvo. Es un juego violento, una espina clavada en la conciencia que no me deja ni jugar tranquilo. Para colmo, ya tengo una colección de secretos, y me temo que uno solo de ellos, descubierto, me valdría el infierno en la tierra. Disfruto de los juegos sólo cuando consigo olvidar que cometí pecado mortal. Cada día que pasa estoy más cerca de esa primera comunión, que es como un adelanto del juicio final.

Voy a tener que hablar, no me queda otra. Prefiero confesar mis robos y aguantar unos años en el hospicio antes que chamuscarme por toda la eternidad en ese reino infame del que la señorita G no para de hablar. Como si de ahí viniera, la muy bruja. Pero ya me asustó, sueño con el infierno y el juicio final y despierto admirado de no haberme hecho pipí en la cama; de algo sirve tener ocho años y no seis, aunque al final yo siga pagando a los ocho por lo que hice a los seis.

6.

Hasta hoy, el colegio y mis mayores me han enseñado a protegerme. No es que yo haya aprendido muy bien —cualquiera que me viera sobrevivir a una mañana entera en el colegio sabría lo reprobado que estoy—, pues más que protegerme de su asedio me refugio de sus cochinas opiniones. Basta con que ninguno mire dentro de mí, donde hay ocultos ciertos tesoros que nadie más está invitado a ver. Ya sé que al protegerme los protejo a ellos, pero si los acuso voy a acabar también con mis tesoros.

Cada uno vive la parte que puede de la vida del héroe, y a mí me han puesto en manos del villano. Peor todavía, me he vuelto yo villano, tanto que simpatizo con los de mi calaña. Pero hasta en mi calaña hay jerarquías, y yo soy demasiado débil para cargar de aquí al fin de mi infancia con la etiqueta de *soplón* en la frente. Prefiero las patadas, la verdad, y hasta todo el terror que llega con ellas. ¿A qué le tiene miedo quien ya está recibiendo los golpes? A morirse, yo creo. Morirse como Raúl Guzmán Macotela e ir a dar al infierno como yo.

Me gustan demasiado los *cuentos*. Xavier los menosprecia como *pasquines*, los maestros les llaman *historietas*. Leo diez, doce o más cada semana. Y a veces, cuando al fin se me acaban, me voy sobre los libros que me han regalado. Siempre que Alicia no me lleva a algún lado —cosa no muy frecuente, pues nada le divierte tanto como pasearme, y cuando la acompaño a sus cosas me soborna con cinco o seis *cuentos*— paso la tarde entera leyendo las historias de los hermanos Grimm, y de pronto, con suerte, algo prohibido, como una de esas fotonovelas cursis que me encuentro tiradas en la calle, de paseo con Tazi. No es que Alicia haya tenido que prohibírmelas —como sería el caso del *Hermelinda Linda*, proscrito desde siempre— sino que su presencia en mis manitas podría avergonzarme hasta los huesos.

Si la cursilería fuera un pecado, yo cada noche me ganaría el infierno. Quiero decir que cuando rezo a solas pido menos salvarme del infierno que casarme con P (algún día, cuando ya no haya escuela). Luego de que me aburro de rezar —cuatro, cinco minutos al acostarme, receta que según la señorita G me conservará a salvo del señor de los cuernos— me dejo ir en picada a la condenación de mis iguales y la segura burla de los grandes. Aparte de reconocer que me gustan las niñas, tanto que vivo enamorado de una, me olvido de los rezos para cantar cositas en silencio, atreviéndome a veces a tararearlas entre boca y oído, cuando Alicia y Xavier sueñan con cualquier cosa menos traer al mundo a un niño que se aprende canciones de Raphael.

P es como el amor: está lejos y cerca. De pronto en navidad o en año nuevo me llevan a su casa de visita, y entonces se me olvidan el infierno, el juicio final y la primera comunión juntos. ¿Quién no se reiría allá, en el apestoso salón 23, si supieran que cuando voy a casa de P llego escuchando adentro *Yo soy aquél* y me voy con la *Marcha nupcial* flotando en la cabeza? En las telenovelas y las fotonovelas la gente se enamora a cada rato, pero en mi mundo esas cosas se esconden. Sobre todo cuando la niña va a la escuela de enfrente. El horrendo Instituto Miguel Ángel.

Casi nunca nos encontramos en la calle, y cuando eso sucede cada uno va con su papá o su mamá, y ella además tiene un hermano chico. A veces, cuando estoy de humor, juego a pensar en Alicia y Xavier como sus suegros, y en su hermanito como nuestro hijo. Una idea que luego me da vergüenza y me hace sentir mal, porque entiendo que un niño que juega a esas cosas nunca va a ser querido ni respetado en el cuartel 23, ni va a encontrar rincón donde esconderse. Que es lo que ya me pasa, desde poco después de mi cumpleaños.

No imagino muy bien el ambiente que reina en el infierno, pero no creo que sea muy distinto a vivir con ocho años en el 23. Si de veinticuatro horas paso seis allí adentro, menos el tiempo de recreo y la clase de natación, ¿será eso parecido al purgatorio?

Cada vez que la señorita G me hace decirle a Dios que no soy digno de que venga a mí, alguien adentro cree que todavía puedo hacer eso que la viejita cursi llama "salvar mi alma", y que yo no diría más que rezando, con los ojos cerrados y la duda enterrada: *¿bastará?*

7.

Hace días que por venganza me robé un sacapuntas. Me había llevado también una goma, pero la regresé, perseguido por el fantasma de la señorita G. De modo que ahora sé que yo no *fui*, sino que *soy* ratero. Según la señorita G uno debe decir, al confesarse, "Me acuso de..." una vez por cada pecado, mientras se aplica un golpe suave en el corazón para mostrarle a Dios que se arrepiente, y yo no sé siquiera si debería acusarme "de ser ladrón", o solamente "de haber robado". Imagino a los ángeles en el juicio final cantando todos juntos: *Agarren al ladrón...*

Diría que mi vida es miserable si no tuviera tanto que perder. Más allá de los límites del colegio maldito, mi vida es preferible a casi todas, y eso es lo que me arriesgo a dejar de tener si alguien logra asomarse a mis secretos. Juego a todo lo que me da la gana de noche, en la regadera, el sábado temprano, el domingo encerrado con Celita. Pero ya tengo algunos problemas en la casa. Mi conducta en la escuela es mala, casi pésima, y me da un miedo inmenso que Alicia pueda un día visitar a Miss C o a Miss L. Se enteraría de todo, sabría que se lo he estado ocultando. Un argumento más para enviarme al hospicio, que sería como vivir 24 horas diarias en el 23.

De todos mis orgullos, queda uno menos: ayer, después de una golpiza en la que entraron diez, o doce, o quince, no pude más y me solté llorando. Me importó poco ya que se burlaran, por mal que me sintiera me quedaba el consuelo de seguir chillando: de entonces hasta ahorita me ha ganado otras cuatro veces.

Por más que intento ya no puedo parar las lágrimas, ni tampoco ellos van a detenerse sin llevárselas antes de trofeo. Me queda sólo el gusto de llorar insultándolos y llamándolos por sus peores apodos, aunque me den más fuerte. Y muy de vez en cuando, si es que me hacen rabiar hasta el temblor, me voy sobre el que esté más cerca de mí y le pego con todas las fuerzas de mi cuerpo, ya con prisa, con saña, y los otros se asustan y me dejan hacer, porque en ese momento le estoy gritando al último que me pegó que le voy a sacar los ojos y me va a recordar la vida entera.

¿Cómo voy a explicarle a Alicia que su niño de ocho años amenaza berreando a sus compañeros, mientras ellos compiten por hacerlo llorar y mirarlo rendirse y volver a patearlo como todos los días, tantas veces al día y cada día menos en secreto? Algo me dice que el verdadero infierno va a aparecer cuando Xavier y Alicia sepan lo que me pasa en el colegio. Si tan sólo pudiera mantenerlo en secreto, estaría dispuesto a soportarlo.

El problema con los problemas es que crecen y traen al mundo problemitas. Cada vez que en la escuela me roban o me rompen alguno de mis útiles, no me queda más que inventar un nuevo engaño. Y de repente son demasiadas mentiras para no equivocarme y despertar sospechas. A veces, cuando Alicia llega por mí, salgo del baño con la cabeza empapada y le cuento que estuve jugando futbol y tenía mucho calor, lo que sea con tal de justificar los ojos inyectados de estar llore y llore.

Cada vez que la miss sale del salón, se me dejan venir todos encima, y cuando ya me sueltan me recompongo inmediatamente, para no quedar como un vil chismoso. Al llegar la temible mañana del 30 de abril —día del niño: cero disciplina— los ataques son tan frecuentes que no han dado las diez de la mañana y ya sollozo frente a Miss L, sin que me importe nada, y ella dice que no tendría que llorar en un día como hoy, mientras me hace cariños en la cabeza con los dedos y me pregunta por mi mamá...

La distraigo de cualquier modo, luego pienso en mí ahí, chillando el día del niño, y me siento de nuevo tan mal que me tiendo a llorar sobre los antebrazos porque temo que el resto de mi infancia tendrá que transcurrir así. Y eso si tengo suerte, porque el hospicio sigue allí esperando, detrás de mi primera confesión.

Hay una sensación de bienestar en el llanto rendido y desatado, además de saber que al menos por ahora Miss L no va a irse. Y luego, cuando salga del colegio, de seguro Celita conspirará con Alicia y Xavier para recompensarme sin saberlo por la mañana en que me vi totalmente vencido y ya no me importó reconocerlo.

Supongo que están listos para ir más allá.

8.

El salón 23 tiene una pandilla, de la que por supuesto no soy miembro. A la hora del recreo, la pandilla del 23 se dedica a pelear con las demás, y eso a mí me permite hacerme invisible. Camino entre los pleitos de las pandillitas sin que nadie repare en mí. Y un día, de la nada, me viene una idea.

Cerca de mí está un niño gordo y fuerte que amenaza con una bolsa llena de agua a toda la pandilla del salón 23. Voy hacia él, pero no hay quien me mire. Soy el único alumno del 23 que puede derrotar al enemigo sin salir empapado. Cuando paso a su lado, alzo la mano y le arrebato la bolsa. En un segundo, el agua se vacía sobre el pavimento y la pandilla del 23 lo tunde como nunca. Uno de ellos se acerca y me dice: "Eres un héroe".

El resto del recreo y las dos horas de inglés han sido como una película de la que nunca quisiera salir. Los que a las once de la mañana eran mis enemigos son ahora mis leales admiradores. Me veo tranquilamente como uno de ellos, y mejor todavía *uno de nosotros* (me imagino invitado a decenas de fiestas de cumpleaños). Por una vez, me iré a dormir planeando levantarme temprano para ir a la escuela. Pero antes de eso pasaré la tarde practicando guerritas en el jardín. Pobre Tazi, las cosas que me aguanta. Invento cuatro formas según yo diferentes de manejar el suéter anudado —arma fundamental de todas las pandillas— para estar a la altura de los más bravos. Soy un héroe, me lo dijeron. Me tratan diferente. Se ríen de mis chistes. Se despiden de mí: "¡Hasta mañana, soldado!"

—Eres nuestro soldado número uno —me nombra oficialmente uno de los jefes, justo antes de salir otra vez a recreo. Mis primeras veinticuatro horas de popularidad me han convencido de que me necesitan. Ya vieron que me atrevo a hacer lo que ellos no. Por eso en el recreo soy temerario, tanto que agarro al gordo de ayer por el cuello y me le monto como un jinete maldito, pero hoy nadie me felicita especialmente.

Por lo visto he pasado de moda, pero no me doy cuenta. Me digo que mañana atacaré de nuevo y ellos me abrazarán igual que ayer. Total, lo más difícil ya lo conseguí. Son mis aliados, quieren ser mis amigos. Me necesitan. Todo lo que pasó antes de ayer a la hora del recreo no fue más que una confusión. Puedo ser como ellos, dar miedo y no sentirlo. Me he pasado casi una hora peleando a sueterazos en nombre del salón 23. Me toca hacer llorar a los otros.

Creo que no lo he dicho: tengo mal genio. Según yo, lo compenso con lo mucho que me gusta reírme, pero los de mi edad, y a veces los adultos, creen que más bien estoy riéndome de ellos. O sea que sale peor si me río que si me enojo, porque luego de que ellos se enojan con mi risa terminan por hacerme enfurecer. Y lo único que se me ocurre es ponerles apodos. Nunca voy a olvidar las veinticinco horas en que mis enemigos me trataron como héroe, aunque para mañana ya ni me acuerde cómo rompí el hechizo, si es que fui yo.

¿Lloran todos los días, los héroes? ¿Rezan a medianoche para que al día siguiente no los pateen? Apenas dio la una de la tarde del día dos cuando ya estoy peleándome con el mismo reptil que me había hecho *soldado número uno* hace dos horas. Y yo no sé por qué le temo a los reptiles. Y a las arañas, y a las abejas, y a los niños gritones de mi salón que de nuevo se están divirtiendo conmigo como si le arrancaran las patas a un zancudo.

Estoy seguro de que los héroes de la pandilla son de esos infelices que les quitan las alas a las catarinas. Los que les tiran piedras a los perros y le quieren sacar las muelas al gato. Y yo nunca podría. Pero si alguno de ellos le hiciera algo a Tazi, entonces sí le sacaría los ojos. Haría con él lo que ellos hacen con las arañas. Por eso, cuando me doy cuenta que estoy de nuevo como ayer en la mañana, me acuerdo yo también de lo que siempre he pensado de ellos (y a lo mejor por eso nada más no me sale pensar igual que ellos). Los odio, y ellos me odian a mí.

Peor ahora, después de haberme dicho que era un héroe. Pienso en los héroes de la señorita G, todos martirizados, y lloro una vez más, sin que sepan por qué. Se me ocurre, además, que llorar sin motivo delante de ellos les quitará un poquito la furia. Y en eso me avergüenzo y me siento tan triste que me vuelvo a enojar, y todavía chillando me burlo de ellos, y les digo las peores cosas que se me ocurren. Preferiría acabar como los héroes de la señorita G que como cualquier bruto de película cómica. Yo no soy cualquier bruto, yo los odio.

9.

Eso sí, no los voy a acusar. Aunque nadie lo crea, soy un niño orgulloso. Ni a cuchilladas van a convencerme de ir a rajarme con la miss, el prefecto o mis papás. Aunque digan lo peor y me sigan pegando a toda hora, nunca van a decir que soy un acusetas. Así que cuando vienen y me gritan "¡rajón!", yo les digo "¡tu madre!", aunque me medio maten.

Nunca he oído de un niño al que sus compañeros asesinen, ni tendrían que darme miedo las cuchilladas, pero unos días después de haberme vuelto a poner de moda (creo que estuve fuera por veinte minutos), el reptil ha venido a cortarme la mano. No entera, claro, solamente el reverso. Yo la tenía puesta sobre el pupitre, con la palma hacia abajo, cuando llegó el reptil, me agarró la muñeca y me cortó la mano de lado a lado, con la navaja de su sacapuntas.

No alcancé ni a pensar en responderle. Vi solamente cómo la carne se me abría, casi en cámara lenta, como una gelatina rota, y cuando apareció la sangre me quebré, como nunca. ¿O sea que ya era hora de matarme, como a los cochinitos? ¿Me voy a desangrar igual que en las películas? ¿Van a cortarme el brazo o ya me cortó las venas?

Lloro, berreo, grito, salgo corriendo del salón entre las risas de unos y el susto de los otros. Llego al baño y meto la mano en el agua. Arde, pero no duele. Y la sangre no deja de salir. Tengo que ir a buscar al prefecto, si no quiero morirme. Eso es lo peor del caso, porque el prefecto ya me trae entre ojos y en una de éstas se va a hartar de mí. Va a hablarle a Alicia un día, puede que hoy. Y ahí sí que se va a caer el mundo.

Pero ni falta que hace que llamen a mi casa. Al prefecto lo convencí de que me había cortado por accidente. Me curó con alcohol, gasa, merthiolate y asunto arreglado. Creí que iba a salvarme, sólo que Alicia no se tragó el cuento. Uno no se hace tajos como el mío por accidente. Sin raspones ni cortaditas de más, la pura herida abierta a todo lo ancho, detrás de los nudillos. Además, con la sangre y el merthiolate se ve espectacular, tanto que Alicia ni siquiera esperó a llegar a la casa. Me hizo confesar todo, sentadito chillando sobre el cofre del coche.

Me agarró de la mano sin cortar y nos fuimos derecho a la oficina del prefecto. Después hablaron mucho en plan de adultos, con palabrillas raras como "sutura", "vendoletas" y "esterilización". Luego Alicia le reclamó otra vez y los dos discutieron sobre "la responsabilidad de la escuela". Supongo que el prefecto la vio tan alterada que ya no se atrevió a quejarse por mi mala conducta, pero igual me encajó la cuchillada. Luego de prometerle que vigilaría mejor la disciplina, la invitó a platicar con Miss C, que sabría de seguro lo que pasó. Eran las dos y media, ya no quedaban misses en el patio.

10.

Para cuando me llaman a la dirección —temprano en la mañana, junto al reptil— hace ya varios días que Alicia se enteró de
todo. Vino a hablar con Miss L y con Miss C, y entre las dos
la pusieron furiosa. No podía creerlo. Y yo tieso de miedo en la
fila. Hasta atrás, como siempre. Como si me sirviera de algo ser
el más alto. A veces me pregunto si no sería mejor ser chaparri-
to, que no me vieran siempre tan fácilmente.

Lo peor de estar ahí tieso en la fila era aguantar las jetas de
burla de los otros, que no se contentaban con verme a mí desesperado y gozaban el doble mirando a mi mamá en las mismas.
¿Los odia Alicia a ellos, por hacerme chillar todos los días, o me
odia a mí por ponerla en ridículo? No sé, creo que estaba tan
enojada con ellos como conmigo. Y ellos lo disfrutaban diciéndome en secreto que ahora me iban a pegar más, para que mi
mamá también chillara.

Unos días más tarde, Alicia me inscribió en clases de judo.
¡Judoka yo! La idea me ha entusiasmado tanto que ni siquiera me
preocupa ir ahora caminando hacia la dirección. Ni modo que
me expulsen por dejarme cortar con una navaja. El reptil es tan
bruto que echó a andar él solito este problemón. ¿Ya para qué
tenía que acusarlo, si mi herida solita podía armar un escándalo?

La directora se llama Miss Carol, tiene fama de pocas pulgas
y está que lanza fuego contra los dos. La recuerdo, hace un año,
expulsando a un alumno de quinto a medio patio. Lo obligó a
caminar hacia la calle, con toda la primaria formada frente a él.
Como si después fueran a fusilarlo. No sé si es más el miedo a lo
que me haga a mí o las ganas de que se lo haga al reptil, pero está
regañándonos igual. Dice que a la siguiente va a expulsarnos, así
que yo supongo que no habrá más navajas.

Me van a fastidiar con más ganas, ya me lo están haciendo, pero no van a volver a cortarme. Además, si eso fuera, también me expulsarían a mí. ¿Sería de verdad tan malo que Miss Carol me corriera del Tepeyac del Valle? Da lo mismo. Dentro de poco tiempo me toca hacer esa primera comunión; antes van a mandarme al hospicio. Y cuando esté encerrado en ese lugar viejo, feo y apestoso, rodeado de rateros y rufianes mucho peores que yo, extrañaré con ganas el salón 23 y me arrepentiré de todos mis pecados.

Según la señorita G, voy muy adelantado. Lo que nadie le ha dicho es hacia dónde. Por mí, haría la primera comunión a los quince; me quedarían siete años para dejar de ser todas las cosas terribles que soy. Ir a dar al hospicio a los quince años debe de ser más fácil que a los ocho. Cuando Alicia me lleva a comprar la vela, el rosario, el misal, la corbata y el resto del disfraz de niño bueno, me siento peor que un niño ratero y pecador, pues además soy un hipócrita incurable. ¿No sería más decente de mi parte decirle a mi mamá que se ahorre esos gastos inútiles y de una vez me vaya enviando al hospicio?

Si antes llegué a pensar que en una de éstas saldría del problema callándome los robos a la hora de mi primera confesión, la señorita G me ha convencido de no guardarme nada frente al cura. No es muy buena para explicar cuáles son los tormentos que el Diablo aplica a cada condenado, pero cuando habla de eso los ojos se le saltan con un terror que a mí me deja tiritando. Alicia se emociona sólo de ver el misal tan bonito, luego deja que yo escoja mi vela, y es como si estuviéramos preparando una tremenda fiesta, pero yo sé que nadie va a celebrar nada y no soy lo bastante valiente para reconocerlo.

No siempre pienso así, trágicamente. A veces creo que podría pasar un milagro, y en eso ni la señorita G se atrevería a contradecirme. Son una cosa rara, ya lo sé, pero mi vida ya es bastante extraña, qué más daría una rareza extra. Trato de no pensar en lo que viene y me ilusiono con el otro disfraz: kimono color crema con la cinta del mismo tono. Lástima que para cuando sea verde yo ya vaya, según mis cálculos, en tercero o cuarto año, salón 33 o 43. Y eso si no me voy al hospicio. De repente los golpes me distraen. Por un rato, no tengo que pensar en cosas tan horribles como mi futuro. A lo mejor por eso disfruto como nunca de tardes y noches, qué tal si son las últimas.

Me acuestan a las nueve, pero nunca me duermo antes de las once, y a veces da la una o las dos conmigo imaginando cada una de las cosas que podrían pasarme, dependiendo de si me salvo o no. Unas noches invento sistemas de defensa personal que al día siguiente fallan vergonzosamente, como cuando creí que forrándome brazos, espalda y panza con papel periódico ya no me dolerían las patadas. Sólo para que encima me agarraran también a periodicazos. Pero igual me desvelo imaginando que me escapo de todos de la mano de P., y me caso con ella y ya no llego nunca al salón 33.

Me resisto a mirarme en un futuro donde aparezca el 63. ¿Cómo serán mis compañeros a los doce años? Puede que sean como los que voy a conocer la semana que viene en el hospicio. Compañeritos de pupitre, dormitorio, comedor, sala de tele, cuarto de juegos: todo el día y la noche entre pandilleros.

11.

Cuento muchas mentiras, aunque algunas verdades las digo en pedacitos. Cuando alguien me pregunta si me gusta alguna canción, yo respondo que no, que me parece horrible. Pero luego me escondo y la tarareo. Casi siempre las canto con la mano enconchada entre boca y oreja, porque me sé muchísimas. Cincuenta, quizá más. Y digo que son muchas porque supuestamente no me gusta la música. Las espero en la noche, cuando Alicia y Xavier ya se durmieron, con el radio debajo de la almohada, hasta que de repente suena alguna (me las aprendo en dos o tres oídas).

Nadie creería que mi diversión preferida es tirarme a cantar las canciones quedito, primero con el radio y después solo, metido entero bajo sábanas y sarapes, con el oído alerta a cualquier otro ruido. Nadie debe creerlo, de eso me encargo yo, pero a veces me falla la resistencia. Como la tarde en que me preguntaron si quería ir a ver una película de los Beatles y a mí se me hizo un hoyo en el estómago.

"Si no hay otra mejor", les dije, con toda la flojera que conseguí fingir. Soy un héroe por eso y nadie se da cuenta. Pero igual me llevaron, y fue mejor que veinte películas de Disney y diez caricaturas de *La pantera rosa*. Fue, la verdad, todavía más grande que todas las películas y todos los programas y hasta todos los parques de diversiones juntos.

Desde ese día traigo pegadas las canciones. Entiendo poco, o nada, pero a la hora del coro repito *Help me if you can*, y lo demás lo lleno como puedo. A otros les puede parecer poca cosa, pero en la boca de alguien como yo, que habla tan mal de lo que más disfruta, ya sólo tararear una canción es un acto de alta valentía. ¿Quién me asegura que si me agarran cantando no me van a callar a cachetadas?

Me da pánico que alguien pueda llegar a oírme, por eso cuando canto quedito en el jardín me late el corazón como cuando me daba por entrar al salón a robarme los vales de buena conducta. *Bum-bum, bum-bum, bum-bum*, es como si alguien me pegara por dentro. No muy fuerte, sólo para ponerme los pelos de punta. Y así canto, como si algo terrible fuera a suceder. Cuando el cantante grita, sí que lo entiendo. Yo también, si pudiera, pegaría de gritos.

Claro que hay de cantantes a cantantes. Los Beatles, por ejemplo, les gustan a los niños de secundaria, pero hay cosas que a nadie le pueden gustar. Excepto a mí, que en todo estoy mal hecho. Tengo el pie plano, los dientes chuecos, corro de una manera que a todos les da risa, y que yo mismo no sé explicar. Trato de hacer las cosas como los otros niños y nada sale bien. Me gustaría tener la voluntad para pasar las tardes entrenando futbol o box en el jardín, pero en lugar de hacer lo que más me conviene me entretengo escondido junto al pino, detrás de las hortensias, donde nadie me puede ver ni oír.

Pienso en P con la fuerza que nadie me conoce, y hasta subo el volumen temerariamente a la hora de cantar: *¿Qué nos importa aquella gente que mira la Tierra y no ve más que tierra...?* ¿Qué culpa tengo, al fin, de que tantos reptiles prefieran ser reptiles? ¿Quién ha visto volar a un reptil? Por más que trato de justificar de una manera y otra mis orgullos secretos, me sigue preocupando la vergüenza que de pronto me dan. Una cosa es que a uno le gusten los Beatles y otra que ande cantando las de Raphael, por mucho que se esconda.

Pero total, si voy a irme al infierno o al hospicio, qué me importa ir sabiendo de una vez que soy un bicho raro y no tengo remedio. No solamente me gustan las niñas, sino que estoy enamorado de una y le canto cursilerías en secreto. Además, soy ladrón. ¿Quién querría ser amigo de un niño así? Yo no, los otros menos. Mi ventaja es que nunca van a saberlo. Ni siquiera Efra, Javis y Enriquito se huelen lo que en realidad me gusta. Las niñas, las canciones: cambiaría a los tres por tenerlas a ellas.

Lo más cercano que hay a las niñas y las canciones son las muchachas de la casa, por eso me hago su amiguito en cuanto llegan. Se ríen mucho conmigo, me soportan las bromas, ponen el radio, escuchamos canciones y radionovelas. Todo interesantísimo. Gracias a ellas me paso las tardes carcajeándome, porque les hago todas las maldades que puedo. Por lo menos ya no les miro los calzones.

Juanita, Ana María, Julieta, Salustia, Eva, Maurilia, Eustolia, Veneranda, Francisca. No todas son por fuerza mis amigas, pero todas me tienen que aguantar. Ha habido un par tan buenas que jugaban conmigo a vacilar extraños por teléfono. Luego llamamos a las estaciones de radio y pedimos que pongan alguna canción; un par de veces nos han puesto al aire y nos hemos creído famosísimos.

Es como si tuviera dos hermanas que no pueden pegarme ni acusarme. Al final, yo tampoco las acuso a ellas. Me quedaría sin las mejores cómplices del mundo, y ninguno queremos que Alicia nos regañe. Además, les encanta escuchar a Raphael. Cuando Alicia se va y me deja con ellas, armamos un festín. Pongo música y canto y grito y brinco, y mis cómplices siempre me aplauden. Luego, en la cama, le pido a Jesucristo por todo lo de siempre, le pregunto cuándo podré volver a ver a P y en mi cabeza suena una canción que me deja mirarme gigantesco bajo un anuncio de neón que dice: *Aquél que reza cada noche por tu amor.*

12.

Son demasiadas cosas. Raúl Guzmán, los robos, las patadas, la señorita G, el amor, Raphael, las llaves de judo, el salón 23, Miss Carol, el prefecto, y hoy en la noche tengo que confesarme. Los días se me han ido muy despacio, y de pronto ya estoy en un convento. Voy a pasar el día entero "de retiro", ya por la noche Alicia y Xavier me llevarán con el sacerdote. De pilón me pregunto si decir groserías también será pecado, porque en el último año casi todos las dicen.

Efra, Enriquito y Javis, por ejemplo, no son menos pelados que los de mi salón. Pero es tarde para ir a investigar, ni modo que me atreva a preguntarle a la monja si es pecado decir *pinche* y *pendejo*. No puede ser pecado mortal, como robar, porque entonces nadie se iría al Cielo. Alicia no me mandaría al internado por decir groserías, aunque igual me volteaba *la boca pa' la nuca*, como ella dice. Los que sí me preocupan son los pecados mortales. Mientras la monja me habla del momento en que voy a probar la hostia, en mi cabeza suenan las palabras que todavía no sé si podré pronunciar: "Padre, soy un ladrón de vales de buena conducta".

Ya de noche, a las puertas de la iglesia, me siento un poco menos mal de lo que creí. Todos me tratan como si fuera mi cumpleaños. Me abrazan y me besan por cualquier cosa, qué tal si no se enojan cuando se enteren. De todas formas, cuando llego y me hinco frente al cura, las rodillas me tiemblan como maracas. Por lo menos a los adultos los confiesan sin verlos; a los niños nos ponen frente a frente, para que a los más malos nos gane la vergüenza. Los que vamos a confesar un pecado mortal, sólo porque sería peor irse al infierno. Y yo he soñado tanto con trinches y peroles que miro al cura como el único héroe que todavía puede librarme de las llamas y "el rechinar de dientes". Supongo que mis dientes ya están rechinando cuando digo que "sin pecado concebida" y pongo cara de angelito de ocho años antes de responder que es la primera vez que voy a confesarme.

Es como si me fueran a cortar la cabeza, y además les tuviera que ayudar. Cuando el padre me pide que diga mis pecados, comienzo por mentiras, desobediencias y malos pensamientos. Pienso que ahí cabrán las malas palabras, ni modo de decirlas y no pensarlas. Y ahí ya no pienso más, porque me derrumbo.

—Padre —me toco el pecho con la mano-maraca—, me acuso de haber robado.

La mirada del cura cambia inmediatamente. Se le arruga la frente, alza las cejas, me mira con sorpresa. Sólo falta que diga: "¡Un pecado mortal, a tu edad!" Pero no: sólo falta que llame a mis papás. Por eso, cuando explico que a los seis años me robé algunos vales de buena conducta, las lágrimas me brotan como si el padre hubiese abierto una llave. Ni siquiera sé si me entiende lo que le cuento, y encima me preocupa que Alicia y Xavier, sentados allá atrás, se den cuenta que estoy aquí llorando.

Quien es bueno no llora cuando va a confesarse, y yo ya ni hablar puedo porque me da vergüenza y tengo miedo y ya lo dije todo. O casi todo, porque el padre me mira, me sonríe y me da una palmada en el hombro, y yo empiezo a creer que sucedió el milagro porque no va a acusarme, y me da tanto miedo que sea de otro modo que ya ni toco el tema del sacapuntas. Si se lo digo ahora, va a creer que no tengo remedio. Es muy tarde, además, porque me está absolviendo y me pone una penitencia que no puedo creer: tres Padrenuestros y tres Avemarías. Y ya, libre de todo mal. Amén. Adiós infierno, hospicio y señorita G.

13.

Con la vela, el misal, el moño blanco, el traje, la corbata y la cara de niño bueno certificado, pruebo la hostia y me siento tan perdonado como san Pablo. Hay público, fotógrafos, chicos, grandes, el sacerdote, y yo por una vez no tengo ni un pecado que esconder. Es como si me hubieran perdonado la vida, por eso ni siquiera me preocupo cuando, luego del desayuno, salgo a la calle con algunos de los invitaditos y voy diciendo todas las palabrotas que me sé, al cabo que en un mes tendré que confesarme y será suficiente con decir que tuve malos pensamientos y fui desobediente. No me van a mandar al hospicio por eso.

Solamente una vez les he dicho una palabrota a mis papás. Tenía siete años y ni las conocía. Un amigo de Javis y Efra la decía todo el tiempo, y yo en la mesa se la repetí a Xavier, enfrente de Celita y Alicia. No me gustaba nada ese guisado, sólo de verlo me retorcía de asco, y Xavier insistía en que me lo comiera. "¡Pendejo!", le grité, y Celita y Alicia pelaron los ojos, mientras Xavier me alzaba de los brazos y me llevaba a interrogarme al garage. ¿Sabía que esa era una grosería, y que no estaba bien soltarla enfrente de mi abuela y mi mamá, que seguían allá mudas y coloradas por mi culpa? ¿Quién me la había enseñado? Desde entonces no he vuelto a decirles una, y ni siquiera sé qué tan groseras son las que me he aprendido. Ni modo de ir a preguntarle a Celita, que las llama "groserías de carretonero" y no las suelta ni cuando se enoja.

Efra ya va en tercero, a lo mejor por eso sabe más groserías. Nos reímos muchísimo en el club, cambiándole la letra a las canciones y cantando los tres puras majaderías, escondidos detrás de las canchas de tenis. Hacemos avioncitos de papel y escribimos alguna palabrota en las alas, los echamos del tercer piso hacia la alberca y vamos a escondernos a los vestidores. Las apuntamos en revistas, paredes, cristales empañados, tierra seca, donde pueda asomarse algún adulto y sonrojarse como Alicia y Celita delante de un auténtico carretonero.

Javis y Efra se saben muchos versitos pelados que luego repetimos rapidísimo, a coro, y hasta hacemos que Rober nos regañe sin aguantarse la risa. De repente son como los sobrinos del Pato Donald, por eso casi nunca me peleo con ellos. Hasta el día en que estamos los tres chapoteando en la fosa de clavados, jugando a las ahogadas, y ellos me van ganando.

Ya no quiero jugar, me está faltando el aire y he dado un par de tragos de agua con cloro. Empieza a entrarme el agua por la nariz y entonces sí me agito, pataleo, saco las manos hasta la superficie, pero Efra y Javis siguen colgados de mi cabeza. Ya con miedo de ahogarme si los gorditos no me dejan sacar la nariz o la boca al aire fresco, se me ha ocurrido levantar un puño y agitarlo delante de sus ojos…

El truco me funciona: Efra se mueve a un lado, me suelta el cuello. Jalo aire varias veces, pateo a Javis y recobro la calma muy despacio, tosiendo todavía, escupiendo agua. Cuando llego a la orilla, Efra ya se cambió de alberca. Muy ofendido. Es grosero, pero está en una escuela religiosa y yo con una seña le menté la madre. No me va a hablar hasta la hora de la comida, cuando su mamá venga y se lo lleve y por lo menos tenga que despedirse.

Al día siguiente de la gran mentada, la mamá de Efra y Javis le llama a Alicia, y yo no tengo ni que oír lo que dice porque ya Alicia le está replicando "no puede ser, él no es capaz…", y el corazón me brinca como Tazi cuando llegamos de vacaciones. Me pregunto de nuevo si a los niños groseros los mandan al hospicio, me asomo y veo que a Alicia le sale humo por los oídos. Salgo como si nada, camino junto a ella y me hago el sorprendido cuando me hace una seña temible con la mano, que en sus propias palabras quiere decir "¡Ahora verás!". Y la veo tan enojada que tengo que esmerarme en plantarle mi cara de "¿Yo qué he hecho?".

Es sábado en la tarde, los mejores momentos de la semana, no puede ser que por la culpa del rajón de Efraín se me vaya a caer todo lo que ni mi primera confesión derrumbó. No puede ser, no es justo. Por eso, cuando vuelva a confesarme, no sólo le hablaré al sacerdote de mis desobediencias y mis malos pensamientos, sino también, de nuevo, de mis mentiras.

He aprendido a decir las mentiras mucho mejor que las majaderías. Efra y Javis no son tan mentirosos porque no tienen mucho que ocultarse. Duermen juntos, se cuentan los secretos o se los descubren, y además se confiesan en la escuela. Debe de ser horrendo tener que confesarse con el profesor. Ellos no tienen misses, puros maestros; otra ventaja mía.

Cuando Alicia se sienta a reclamarme por la seña pelada que le hice a Efra, yo explico entre lloroso y enojado que lo único que hice fue darle un karatazo en el aire, porque me estaba ahogando con su hermano *en la fosa de clavados*. El menso de Efra nunca iba a figurarse cuánto se asusta un padre si imagina a su hijito en peligro. Dos minutos después, me he salvado de nuevo: ya la rabia de Alicia cambió de dirección. Ahora hasta se pregunta si será conveniente que yo me lleve con niños más grandes.

Claro que soy más alto que Efraincito, pero él puede enseñarme quién sabe cuántas cosas. Yo sigo calladito, mientras termino de reponerme del susto y la sorpresa de comprobar que tengo un amigo rajón, y que más que mi amigo es solamente el hijo de la amiga de Alicia. A mí en la escuela me abren la mano de un navajazo y me quedo callado, y este chismoso va y me traiciona por una pinche seña grosera.

Tengo que controlarme, además de todo: en lo que la mamá de los gorditos le chismeaba a la mía lo de la seña, yo le juraba a Dios que nunca volvería a decir una palabrota si me salvaba de ésta, y me salvó. Afortunadamente no le ofrecí pararle a las mentiras. Pobrecito Efraín, ni se imagina cómo lo hice quedar con mis papás. Se merece eso y más, luego de ir a acusarme con su mamá: pareja de rajones.

14.

Alicia casi nunca habla de religión, y Xavier solamente para contar chistes. Me llevan a la iglesia los domingos, ella comulga, él no. Yo siempre, claro, si para eso soy bueno. Una mamá que mira comulgar a su niño siempre le va a creer, y yo me meto en demasiados problemas, necesito que Alicia siga creyéndome. Más ahora, que ya sé que no debo confiar en nadie. Si los malos se burlan y los buenos te acusan, es mejor que ninguno sepa quién eres. Enriquito, Efra y Javis nunca sabrán de P, menos mis compañeros del colegio.

P tiene el pelo lacio, largo, oscuro. Hay domingos que nuestros papás deciden comer juntos, o hasta ir a Cuernavaca, y es como si la vida se volviera película. Voy a misa y consigo no aburrirme porque tras cada rezo estoy un poco más cerca de verla. Su hermanito siempre nos acompaña, pero no tengo tiempo ni de mirarlo.

Unas veces jugamos, otras sólo corremos, y otras vamos los tres a explorar el paisaje, todo siempre con tal de estar con P y decirle en silencio que *yo soy aquél*. Cuando nos despedimos, Xavier nos pide que nos demos un beso y los dos nos echamos a correr, yo colorado y ella muerta de risa. En la noche, en mi cama, canto quedito hasta quién sabe qué hora y al día siguiente estoy como sonámbulo. Se ríen de mí, también. Nadie sabe que estoy enamorado.

Son los últimos días de segundo año. Cuento los que me faltan cada mañana, llego al uno y al cero como a una meta heroica. El siguiente milagro de la lista es que tengo dos meses de vacaciones. Podré ir al club con el rajón o el tramposo sin pensar en tareas, patizas y calificaciones, aunque con el fantasma del salón 33 asomándose al fin de cada día. ¿De qué me va a servir

74

pasar nueve semanas tan felices, si después otra vez me toca ir a la cárcel?

Me hago ilusiones bobas: de aquí a entonces seré mejor para el judo. Con un poco de práctica, lanzaré por los aires al reptil, y nadie más se atreverá a tocarme. Y eso es lo que más hago, de vacaciones: soñar que pasa lo que no va a pasar, jugar a cualquier cosa dentro de mi cabeza para hacer que los días duren más, como los minutitos de sueño extra que en los días de clases le pido a Alicia, para no entrar con tanta brusquedad a otro espantoso día de clases.

15.

En vacaciones me levanto pasadas las nueve, y además me desvelo sin tener que esconderme. No sé muy bien por qué, pero hoy es lunes y Alicia sigue como sin enterarse de que las vacaciones terminaron la semana pasada. Son ya más de las nueve cuando llama al colegio y le dicen que sí, que ya hace una semana comenzaron las clases. Peor todavía, le dan hasta las diez para llevarme hoy mismo. Y yo en la cama, viendo *Los Picapiedra*.

Supongo que he llegado con cara de tragedia. La secretaria de Miss Carol me deja de inmediato en manos del prefecto, que me lleva directo al salón 33. En cuanto abre la puerta se escuchan las risitas. El prefecto los calla, pero no va a evitarme la bienvenida. En cuanto el profesor salga un minuto, se me vendrán encima todos juntos. Ya me miran con ojos divertidos, les faltaba un juguete y aquí lo tienen. Me distraigo pensando que a partir de tercero de primaria ya no hay miss de español, sólo de inglés.

Con trabajos he visto la cara del profesor —agachó la cabeza en busca de mi nombre— pero igual ya lo veo regañándome. Nunca antes he tenido un profesor, me da miedo que se una a mis enemigos, o que de aquí a muy poco llame a Alicia y le cuente lo mal que me va. No pienso más, me voy con el prefecto del salón porque mi nombre "no aparece en la lista". Vamos por el pasillo y hasta el ruido de las pisadas me asusta. ¿Será que me expulsaron y hasta ahorita me entero? Ya en la oficina del director de primaria, me encuentran en la lista del salón 32.

No es un error, ni un sueño. Está pasando. Me cambiaron de grupo, en el nuevo me han saludado todos. Ya saben cómo me iba en el 23, opinan que mis anteriores compañeros eran unos cobardes. Aquí si me peleo será sólo con uno. Y yo no quiero ni salir a recreo, me da pavor que los de la pandilla la agarren contra mí. Pero apenas si se me acercan dos, sólo para saber adónde me cambiaron. Alguno me amenaza, no muy convencido, se va y ya no regresa.

A la hora de salir, apenas puedo creer que mi mochila nueva no ha recibido ni una patada. Nadie me ha roto un lápiz, ni una pluma, no tengo ni arrugado el uniforme. Voy a ser sólo un niño que va a diario al colegio, estudia, hace tareas y cualquier día acaba la primaria. Voy a ser, ahora sí, como el niño del cuadro en la sala de mi casa, que no va a irse al infierno, ni le va a pegar nadie, ni tiene que mentir cada que abre la boca. O sea a toda hora, porque lo que es la boca yo sigo sin cerrarla. Pero ya no me importa que se rían, ni que me hagan la fama de atarantado. Lo único importante es olvidar los dos últimos años.

Cada vez que me formo en la nueva fila, no volteo ni a ver a los del 33. Todavía los odio, no quiero que me miren o me recuerden. Necesito sacarme de la cabeza tantas vergüenzas juntas, cada día que pase creeré un poco mejor que no fui yo sino otro, sepa el Demonio quién, el niño al que entre todos hacían llorar. Eso ni ellos ni nadie van a verlo más.

Al salón 32 llegué con una agenda nueva que me regaló Alicia. Es mi primera agenda, estoy muy orgulloso. La traía escondida, pero en el 32 no es necesario. Casi ninguno grita como allá, y a nadie le destrozan la mochila. La mayoría parecen simpáticos. Me gusta que les llamen *cobardes* a los del 33, pero preferiría que ya no hablaran de ellos. Quiero que se les vaya olvidando todo lo que me llena de vergüenza que sepan. No hay nadie con quien quiera hablar de ese tema, y si dentro de un mes alguien me lo pregunta le diré que no sé, que ya se me olvidó, que en realidad era algo sin importancia. Es como si me hablaran de un fantasma: según yo ya se fue, y si anda por aquí no quiero enterarme. Para el caso, preferiría enterrarlo. Enterrar esta historia, es lo que voy a hacer. No hablaré nunca más con uno del 33, aunque ya vaya en el 63.

Me parece una historia de terror la mía. A veces, cuando tengo pesadillas, sueño que me transfieren al 33. "Hubo un error", le dicen a Alicia. Por eso más me vale echarle tierra a la historia completa, como si fuera un muerto. No sé y a lo mejor nunca sabré por qué pasó todo esto, no sé siquiera cuándo empezó a pasar. Podría sucederme de nuevo, eso me aterra tanto como antes me dejaba temblando el hospicio. El salón 23 *era* el hospicio, el 33 habría sido el infierno.

Me salvé del infierno, esa es la historia. Y no quiero contarla, pero tampoco sé cómo callarme. Soy demasiado inquieto, tengo mal genio y prefiero andar solo en los recreos. Tal vez aquí tampoco haga muchos amigos, pero igual me conformo con no hacer enemigos. Por eso lo primero es olvidarlo todo, por más que muy adentro lo recuerde con pelos y señales. Muy, pero muy adentro. Tres metros bajo tierra, como dice Celita. Total, ni que mi vida fuera una película. No es la primera historia que tengo que enterrar.

III. El juego

...y Bill murió, volvió a la vida, y murió otra vez,
y luego resucitó una y otra vez, y eso era lo
principal de este juego, sólo que no era
totalmente un juego, cómo iba a ser un juego.

DAVID GROSSMAN, *Véase: Amor*

1.

Las historias, a veces, también tienen su historia. La de la mía comenzó en el momento en que me decidí a enterrarla. No es fácil enterrar una historia cuya pequeña historia recién está empezando. Solamente la tierra del olvido sirve para hacer eso, pero las tumbas piden que las recuerden. Por eso tienen lápida y epitafio. Están ahí para que la memoria nunca quede perfectamente sepultada.

La historia de la historia es su espectro, su sombra, y yo nunca he tenido el olvido bastante para poner tres metros bajo tierra a tamaño fantasmón. Una historia con vida y voluntad propias, a la que no podía sepultar ni salvar. Una historia que había que esconder, como a un monstruo intratable. Y al final una historia tan terca que ni su mismo funeral la convence. Cuando uno insiste en enterrar a un fantasma, el fantasma termina por enterrarlo a uno. Sólo que yo no estaba orgulloso del mío, y no me iba a servir de mucho esconderlo.

Hasta el día en que aterricé en el salón 32, la historia y yo éramos la misma cosa. Luego inmediatamente se convirtió en fantasma. No quise verla más, me entregué como pude a ser el niño que era con mis tres amigos, ya sin el miedo que me tuvo tieso del 13 al 23. Difícilmente acaba uno de aceptar el fin de la desdicha, por más que lo celebre como la última orilla de una era.

Algo tiene la vida miserable que nos hace añorarla y cortejarla cuando ya nos creíamos a salvo de su embrujo. Ser, en mis circunstancias, con nueve años y nuevos compañeros, todavía un niño de mala leche y pocas pulgas, era un atajo corto de regreso al infierno. Por fortuna, los demonios del 32 no eran tan eficaces. De repente les divertía verme escupiendo rabia, pero peleaban siempre de uno en uno. Había, además, algunos muy simpáticos. O por lo menos yo quería ser su amigo.

Nos reíamos juntos, de repente, aunque no me escogieran en sus equipos, ni me quisieran en el mismo pupitre, ni fueran a invitarme a su cumpleaños. Pero yo no esperaba estar de moda, me conformaba con odiar al colegio moderadamente y engañarme creyendo que ya tenía amigos sólo porque ya no tenía enemigos. Pensaba, no sé cómo, que los divertiría poniéndoles apodos, y así me iba volviendo un apestado entusiasta. Lo dicho: iba cargando con la historia, la estaba repitiendo y no podía evitarlo. En los recreos seguía paseándome solo, cada día más seguro de que nadie querría nunca jugar conmigo a nada. Algunas veces me daba rabia, pero otras me dejaba divertirme a mi modo.

Prefería los Munster a los Addams, Batman a Supermán, Donald a Mickey Mouse, Hermelinda a Hechizada, Lucky Luke al Llanero, Betty Mármol a Vilma Picapiedra, Verónica del Valle a Bety Rosas, Rolando el Rabioso al Príncipe Valiente, Chespirito a Cantinflas, Sheherezada a Simbad, Robin Hood a Roy Rogers, y por supuesto James Bond a Tarzán. Pero encima de todo prefería inventar el juego entero, aunque no funcionara como los otros.

¿Qué prefieres, me preguntaba Alicia, ir a casa de Fulanito o quedarte a jugar aquí en la casa? No decía *a ver tele*, sino *a jugar*, aunque a veces jugar fuera pasarme la tarde completa machacando canicas, apilando rondanas, haciendo voces solo y encerrado en el baño. Pues a veces sólo uno sabe jugar con uno.

2.

Sé estar solo, me invento decenas de juegos que nadie entendería. Cuando intento explicarle alguno a Enriquito, se me queda mirando con los ojos de un niño de sexto año. ¿Será que sólo se me ocurren niñerías? ¿Deberían mandarme al salón 12? Una mañana González y Garza, sentados a mi lado en el salón, cuentan que de chiquitos veían *Los Picapiedra. De chiquitos.* ¿O sea que ya no debería verlos? Tengo la sensación de que casi todos los niños de mi edad son más grandes que yo, aunque yo siga siendo más alto que ellos.

Me entretengo jugando con piedras, varas, pedazos de papel con nombres y apellidos que se hacen enemigos y amigos todo el tiempo, y cuando alguno por casualidad se enamora, su futura señora lleva el nombre de P. Pero eso no se lo diría a nadie. Si González y Garza se burlan de los niños que ven *Los Picapiedra,* ¿qué no dirían de uno que inventa juegos tontos y se enamora como los héroes cursis de las telenovelas? ¿Seré acaso yo el único extravagante que se arrastra frente a la tele con un par de carritos para disimular que está pendiente de *Corazón Salvaje?*

Para el caso, Enriquito de eso no sabe nada. Efra y Javis ven series para niños más grandes. Y yo, que no me pierdo un capítulo de *Los Picapiedra,* termino siempre espiando lo que les interesa a los adultos. Por eso es que le sigo la pista a James Bond, en vez de al Oso Yogui. Nunca le pediría a Celita que quitara una de sus telenovelas para ver *Meteoro* o *Ultramán.* Que a Enriquito le encantan, por supuesto. Y como siempre, el que está mal soy yo.

Nunca soy tan adulto ni tan niño como tengo que ser para que no se rían de mí. Soy bien torpe, además. Todo lo rompo o lo descompongo, pateo una pelota y se va para el lado contrario del que yo quería, tengo el pie plano y uso unos botines de lo más ridículos, me paso el día con la boca abierta. Cada semana invento nuevos chistes y apodos, aunque eso no me ayude a hacer amigos. Pero lo intento. En el recreo sé que voy a estar solo; en las clases me esfuerzo cuanto puedo por entrar en los juegos de los otros.

Garza y González dicen que soy un cerdo, y yo a veces les sigo la corriente. Les cuento que mi casa está en la cañería y llego a clases por el escusado. Me da risa pensarlo, y más a ellos. Luego cuento las cosas más asquerosas que se me ocurren y ellos dicen de nuevo: "Eres un cerdo". Cada vez que lo pienso, me pregunto si no hago demasiado por llamar su atención. Muy pocas veces juegan a los juegos que invento, pero llega a pasar. Se llevan más entre ellos, aunque yo igual los veo como mis amigos. Ayer les enseñé a decir caca en inglés, Garza fue y se lo dijo a la miss: *You are shit!* Nos regañó a los tres, pero ni así paramos de reírnos. Es cierto que me enojo casi a diario, y que a medio salón le encanta molestarme, pero también me río cada vez que puedo, me invito a cada juego de González y Garza, busco que me hagan caso y lo consigo.

¿Será que los aturdo? ¿Que hablo hasta por los codos y nunca me estoy quieto? Mis calificaciones en conducta son pésimas, cada semana Alicia me acomoda una nueva regañiza y Xavier me castiga, y luego me perdonan, y llega el viernes y empezamos de nuevo. Pero no logro nunca quedarme callado. Junto a mi calificación —seis, siete, de repente cinco; más de eso casi nunca— aparecen las mismas quejas: "Habla mucho", "Platica en el salón de clases", "Constante indisciplina", "Se distrae demasiado".

¿De verdad *me distraigo* en el 32? Menos de lo que necesito. Si encontrara una buena manera de distraerme, platicaría mucho menos en clase. Pero me aburro tanto que termino contando los mosaicos en la pared, o pintando muñecos espantosos, siempre con patas chuecas y disparejas, que a González y a Garza les parecen como salidos del caño, y a Alicia le hacen preguntarme si estoy en tercero o en primero de primaria. Parece que las manos y los pies no me obedecen igual que a los otros, por eso voy al judo, al dentista y al ortopedista. Nací chueco, hace falta enderezarme. Habría que meterme en cursos de dibujo, de futbol, de karate, de disciplina. ¿Cómo se enseña la buena conducta?

3.

Ayer, Garza y González se inventaron un juego, y parecía tan bueno que no esperé a que preguntaran si quería jugar. No tenían que darme ningún permiso, aunque ellos no quisieran yo podía jugarlo. Sólo había un problema: Garza y González se habían puesto de acuerdo en escribir cada quién un capítulo del mismo programa de tele, y yo no conocía ese programa. Pero sabía de lo que trataba: soldados americanos combatiendo contra soldados alemanes. Según yo, no necesitaba saber más. Habría sido bueno que me dijeran cómo se llamaban los personajes, pero ni estando loco les iba a preguntar. Se habrían carcajeado de mí, dirían que en el caño no hay televisión.

Cuando ya había empezado, me di cuenta que era más divertido ponerles yo los nombres, inventármelo todo. Ellos, en cambio, se enseñaban lo que ya habían escrito y se hacían correcciones uno al otro. ¿Qué importa si los héroes de mi cuento no se parecen a los del programa, si estamos en un juego, no en un examen? Llegué a mi casa y lo seguí escribiendo. Luego, en la noche, se me ocurrieron muchísimas cosas, y hoy no he parado en toda la mañana. Cuando por fin enseño lo que llevo, Garza y González opinan que no sirve, aunque un rato más tarde se han olvidado de sus propias historias. Ya juegan a otra cosa.

Pero a mí me gustó. No es una competencia, le faltarían las reglas, el marcador, el árbitro. De cualquier forma, creo que les gané. No me he sentido torpe, ni chueco. Al revés, era como si fuera corriendo y las piernas siguieran derechitas. Como saltar obstáculos igual que los atletas en una olimpiada. Además, me lo tomé en serio. Cuando uno está jugando con otro niño puede pasarse horas, pero no días. Uno solo puede pasarse días —y hasta semanas, meses— jugando solo. Y en este juego no necesito de nadie. Llevo días jugándolo en todas partes y ni quién se dé cuenta. Pueden decir que no hago caso a la clase, pero no que platico mucho o les causo problemas. Nadie, ni el director, ni el prefecto, va a regañar a un niño que está escribiendo. Miss Carol lo pondría como ejemplo, aunque nunca supiera qué era lo que escribía.

Luego de que González y Garza se aburrieron de estar contando los dos la misma historia, propuse que escribiéramos otra. Se me ocurrió en la noche, mientras me bañaba, sólo que ellos ni caso me hicieron. No me importa, ya para qué los quiero. Voy a escribir mi historia como me salga, y si no me divierte por lo menos me quitará lo aburrido. De todas formas, algo me dice que esto puede llegar a ser como robarse vales de buena conducta y mirarle los chones a las muchachas, sin que nadie te pueda castigar. ¿Y si un día intentara contar mi historia, la mía-mía? ¿No me divertiría como loco llamando a mis antiguos enemigos por sus peores apodos? No, no me atrevería. Si escribiera mi historia tendría que quemarla, o echarla en el wáter. En una de éstas sí me merezco vivir en el caño, pero no se los pienso decir ni en un cuento.

Garza y González le encontraron muchos defectos a mi historia. No está tan mal, al fin, antes sólo me los hallaban a mí. Aparte, ya empecé con la nueva. También es de soldados, pero en otra guerra. En el año 2077. A González y Garza les digo que sigo con la misma, para que no se acerquen demasiado, aunque creo que están mejor sin mí. Cuando llego a la casa, termino la comida y subo dizque a hacer la tarea, pero lo único que de verdad me interesa es inventar una buena portada para mi historia. Aunque mañana llegue sin tarea. ¿Cómo debo llamarla: cuento, historia, capítulo, novela? Qué más da, si es un juego. Se va a llamar como me guste a mí, y si quiero después la llamaré distinto. Siento como que tiemblo cada vez que me veo en el salón 33: me habrían roto el cuento en el tercer renglón.

A lo mejor no tengo tan mala suerte, pero en el cine sigo del lado de los malos. Mis héroes son los que nadie más quiere, los que mis compañeros y mis amigos odian, y si son los equipos de futbol, yo le voy a cualquiera que detesten ellos. Soy capaz de echar porras a un equipo inglés cuando juega contra uno mexicano. No digo, por supuesto, que quiera ver un día muerto a James Bond, que es un bueno con alma de malo, pero a los buenos-buenos los aborrezco. Se parecen a muchos hipócritas que conozco. Chismosos, acusetas, tramposos, traidores, ¿son ésos los buenos? No sé si debería seguir temiéndole al infierno.

4.

No digo groserías, no me he robado nada, nadie me va a encerrar en ningún internado y soy menos inútil de lo que me temía. Un poco, pero menos. Me enojo, me peleo, pero ya no lloro. Y cuando nadie quiere hacerme caso, dejo que la cabeza se me llene de música, de historias, de ideas para nuevas historias que al principio me gustan, me entusiasman, me arrebatan el sueño, y luego se me van deshaciendo en las manos, hasta que ya no es ésa sino otra la historia que quisiera contar. Por eso empiezo muchas y termino muy pocas, casi ninguna.

Algo funciona mal, por más que me esfuerzo. Leo lo que escribí y no sé si me agrada; luego leo cualquiera de los libros que Xavier me regala y hay una diferencia frustrante. ¿Qué tal si para el juego de contar historias tampoco sirvo? Lo intento y me divierto, es entretenidísimo, pero una y otra vez me doy cuenta que lo hago muy mal, y hasta no sé si cada vez más mal.

¿Qué hacen esos hermanos Grimm para que sus mentiras parezcan ciertas? No sé, ni me imagino, pero sigo sintiéndome muy niño, tanto que ni siquiera me atrevo a enseñarle una de mis historias a alguno de los hijos de las amigas de Alicia. Ni a Alicia, ni a Xavier. Escribir es también jugar a ser adulto, como la mayoría de mis juegos secretos. Y no quiero saber qué opinan los adultos de lo que hago. Ya sé que no me sale muy bien, pero no siempre tiene que ser así.

Es como las mentiras: uno va mejorando. Al principio te agarran en casi todas, ya después vas aprendiendo a salvarte. No siempre me funciona, por eso me he hecho fama de embustero. Pero también, si no fuera por las mentiras me pasaría la vida castigado. Nadie sabe lo que hago ni lo que pienso. Mis héroes no son solamente los malos, igual admiro a los agentes secretos.

No me interesa hacer historias de hadas y brujas, si pudiera me inventaría una de espionaje. A González y Garza les da risa, no me imaginan en el papel de espía. "Sólo que fueras a espiar el caño", dicen. Se carcajean. Pero son niños, igual que yo. Ninguno aquí podría ser un espía. Como dicen los viejos, somos unos mocosos. Eso me tranquiliza. Cuando por fin sea grande, nadie me va a salir con que vivo en el caño, ni a mí me va a dar risa un chiste así.

Los grandes pueden hacer lo que quieran, hasta las bromas se las toman en serio. Con los niños es al revés, todo lo que uno hace creen que es para jugar. Por eso, cuando un niño lastima a otro, se salva con el cuento de que estaba jugando. Y a mí me gusta lo que es de verdad, me aburre cuando todo es de mentiritas. Si tengo que creerme las mentiras, por lo menos que sea yo el que las inventa.

Creo que soy muy malo para jugar con otros. Ellos tienen más práctica, yo estoy acostumbrado a hacerlo solo. Siempre que un niño dice "vamos a jugar a esto", me tienen que explicar cómo se juega. Y cuando ya me estoy tomando el juego en serio, nunca falta quien lo eche a perder con algún comentario que recuerda que todo es de mentiras y no tiene importancia, porque somos niños. ¿Quieren decir que yo, porque soy niño, no tengo nada bueno que contar y no puedo sentir lo que sienten los grandes? La diferencia es que ellos arreglan sus problemas solos, yo tengo que esperar a que me corten con una navaja para poder salir del infierno.

Cuando hay niñas las cosas son diferentes. No importa mucho el juego, sino que jueguen ellas, o de perdida que anden por ahí. Casi nunca me pasa, y yo me quedo tieso de la vergüenza cada vez que una niña se me acerca. No sé ni qué decirle, me da un miedo mortal que se ría de mí. Para eso están los juegos, donde cada uno dice lo que le toca y ya no tiene que estar pensándole. Lo peor es que además están los otros niños, casi siempre, y se van a burlar del primer bruto al que vean platicando con una niña.

No quiero ni pensar qué pasaría si me topara a P frente a mis compañeros. No sabría si pelearme o correr a esconderme, segurito que P se decepcionaría. P no sabe cómo me va en la escuela, ni siquiera imagino lo que piensa de mí. Si fuera grande lo averiguaría. Le diría "te amo" y le daría un besote, igual que en las películas.

Dice Alicia que todo me da igual, que no pongo entusiasmo en las cosas. Lo que pasa es que casi todo lo que me entusiasma no lo puedo siquiera mencionar. Me gusta mucho espiar a los grandes y cantar en secreto canciones de amor. Me gusta mucho P, algún día voy a casarme con ella. Y ni modo que yo hable de esas cosas. No con los de mi edad, ni con los grandes. Encima de ser niño, tengo que comportarme como niño, y me sale muy mal.

No me gusta ser niño, daría lo que fuera por crecer. Me es más fácil hacer reír a los adultos, casi todas las cosas que me aprendo a propósito son para que Xavier o Alicia o Celita me hagan caso. Me gusta que se rían, y que luego se cuenten lo que yo les conté, pero los odio cuando digo algo serio y lo toman a broma. Me hacen sentir más niño de lo que soy, y eso no lo soporto. Puedo volverme un escuincle infumable y avergonzar a quien esté conmigo. Eso todos lo saben, pero sólo Celita me lo aguanta.

5.

Cuando estoy con Celita soy invencible. No sólo porque siempre me deja hacer todo lo que en mi casa está prohibido (como arrastrar las sábanas y los sarapes, acostarme a las dos de la mañana y hablar de porquerías a la hora de la cena), también porque ella nunca me acusa. Jugamos a la oca, la lotería, serpientes y escaleras, parkasé, damas chinas y baraja española, y cuando nos peleamos yo me enojo muchísimo, a lo mejor porque ya sé que estoy en el único hueco del universo donde puedo armar unos berrinchazos sin que luego me pongan pinto por eso.

Celita me perdona todo lo que hago, y un minuto más tarde ya está lista otra vez para jugar a lo que yo le pida. De pronto le hago trampas y ella se hace la loca. Creo que le divierte verme ganar, y yo saco provecho porque le estoy ganando a una gente grande. Celita me da todas las ventajas, y ni así siento que me trate como a un niño. Es como si ella y yo tuviéramos otra edad, ni la suya ni la mía, y esa edad nos dejara decirnos cosas que nadie más entiende. Nadie que yo conozca tiene una abuela así.

Cada viernes me voy a dormir a su casa, y es como si me hubiera escapado de la mía: otra vez me entregaron las calificaciones, que son como un diploma en mala conducta. Cuando llegamos con Celita ya es de noche, pero yo no he enseñado la libreta, así que en cuanto Alicia se va soy libre y ya no tengo que preocuparme. Al día siguiente Xavier pasa por mí y comemos contentos en la casa, sin que nadie se acuerde del colegio. Luego vamos al cine, vemos tele o jugamos, pero ya a medio sábado me siento seguro. El domingo en la noche o el lunes en la mañana saco al fin la libreta, me regañan y a veces me castigan, pero el fin de semana ya lo salvé. El chiste es llegar sano y salvo a casa de Celita, que del viernes al sábado es más mía que suya.

Celita tiene algo mejor que los juegos: sus historias. Huérfana a los ocho años, viuda a los veintidós, y desde entonces le han pasado tantas cosas que las historias nunca se le acaban. Con ella puedo ver a Alicia cuando era niña y a mí mismo cuando era bebé, veo a Madero cabalgando por Reforma y a Victoriano Huerta borracho en el coche, afuera del mercado, esperando el pescado que le trae su chofer. Veo a mi tío abuelo Joaquín, de dieciocho años, llegar hasta la casa del amor de su vida, declamarle unos versos y pegarse un balazo en la boca, y estoy junto a Celita en el internado, escuchando disparos y cañonazos y viviendo con ella esas aventuras malditas que un niño nunca puede evitar, y a ella le habían pasado por decenas. Su hermano el fusilado. Su hermano el suicidado. Su hermano el acribillado. Y luego esa hermanastra malvada, que la dejó sin herencia ni piano.

De todas las historias de Celita, hay una que recuerdo como si fuera ella y me pasara hoy mismo. Su papá se enfermó, nadie le ha dicho más. Un día, muy temprano, los hermanos la llevan a despedirse de él. La hacen subir a un coche con caballos, donde está su papá recostado, dentro de un ataúd abierto. Y como ella no sabe lo que es un ataúd, se acerca y le da un beso en la mejilla. Y lo siente muy frío, y se toca los labios y están fríos. Ese no es su papá, su papá nunca ha estado así de frío. Unos días más tarde, va a dar al internado para niñas ricas. Como si de repente comenzara a nevar en su vida, y nevará por no sé cuántos años.

¿Cómo haría Celita para divertirse tanto como me cuenta, con mis dos bisabuelos muertos, entre monjas horrendas que la traían corta hasta de madrugada? La gente se imagina que a los que les va mal nunca se les ocurre nada mejor que llorar, y no es cierto. Se le ocurren a uno cantidad de cosas, algunas de lo más divertidas. Pienso y no me imagino nada peor que ser huérfano y estar enjaulado. Pienso en mi bisabuela Concepción, que murió justo cuando nació Celita. En mi abuelo Francisco, que dejó a Alicia huérfana a los dos años. En el tío Ezequiel, que murió fulminado por un rayo antes de terminar la primaria. En la niñez ingrata de Xavier, que soportó palizas de pesadilla. Pienso: no me ha ido mal.

Creo que soy insaciable, sólo dejo de hacer preguntas cuando me gana el sueño. Según Alicia, mi abuela Celia se ha pasado la vida sufriendo, pero lo que yo sé es diferente. Además, no me gusta imaginarla chillando como yo en el salón 23. Le pido que me cuente otra vez, y otra vez, del día en que mi madre y mi tío Alfredo se escaparon de clases para irse a un día de campo. Según Alicia, Celita sufrió mucho por las gracias de Alfredo, pero ella me lo cuenta muy divertida. Creo que está orgullosa, o será que le gana la risa de acordarse. De cualquier modo, lo que más le divierte es divertirme.

Alicia nunca me contaría de esa tarde en que Celia les dio una zurra con un cable de luz por andarse escapando de la escuela, y a mí me come la curiosidad. Es como si Celita tuviera un baúl con montones de piezas de mecano, y mi trabajo fuera sacarlas de una en una. Porque son mías, eso tanto ella como yo lo sabemos. Son mis historias y me las está dando. Igual que los juguetes que no quiero tirar aunque estén rotos, pienso que un día voy a necesitarlas.

El sábado Celita se levanta temprano. Ocho, ocho y media. Tiene muchos canarios, se pasa horas limpiando sus jaulas. Les platica, les chifla, los deja en las ventanas para que les dé el sol. Cuando despierto, armo una tienda de campaña con la ropa de cama, me acuesto sobre un monte de almohadas y sarapes y espero a que Celita me traiga el desayuno. Gelatina, plátano rebanado, jugo, pan, leche con chocolate, uvas sin cáscara sólo para mí (no sé de ningún otro al que le pelen las uvas). Otras veces durazno, mamey, pastelitos, lo que pueda gustarme. Improviso espectáculos de circo y teatro, le vendo su boleto, la tengo hasta las dos de la tarde aplaudiéndome. Cuando llega Xavier busco alguna razón para quedarme, pero nunca lo logro.

Semana con semana, Xavier y Alicia cenan en casa de mi abuelo Ezequiel, que se enoja muy fácil, aunque nunca conmigo. Hablan siempre de cosas muy de grandes, Xavier y sus hermanos y mi abuelo. Yo me estoy calladito, aburridísimo. Luego voy con mis primos, pero también me aburro. Antes de los seis años jugaba a que era esposo de mi primita Adriana, que era linda como una muñequita, y ahora se aburre tanto como yo. Por eso casi siempre me dejan con Celita, que no me mandaría a cenar a la cocina, como en las navidades en casa de mi abuelo (es la última prueba que me hace Santa Claus antes de merecerme los regalos).

Los pobres de mis primos van todas las semanas, a veces hasta viernes y domingos. A lo mejor por eso los tratan mal, se aburren de tenerlos siempre ahí. Y ellos no se caen bien. Algunos son chismosos, como sus mamás. Otros se odian igual que sus mamás. Mientras, los tíos gritan, discuten, se hacen burla. Para mí que allí nadie se quiere.

Antes de navidad, Celita y yo vamos a una posada, en casa de mis otros primos. Nos recoge mi tío Alfredo, y desde que llegamos van todos tras de mí. Son muchos, niños y niñas, tienen un patio inmenso y además salen a la calle a jugar. Todos me llaman *primo*, me invitan dulces y chamois (sin que nadie lo sepa), me llevan a jugar en terrenos baldíos. Por la noche rompemos la piñata y yo salgo con bolsas y más bolsas de frutas, juguetitos y caramelos, pensando en todo lo que podría hacer si viviera en la misma colonia. Uno de ellos, Alfredo chico, es más grande que yo, pero me habla como a otro de doce años. Y apenas voy a cumplir los diez. Mi prima Paty debe de tener trece, y es tan bonita que no sé cómo verla sin ponerme rojo. Rocío, Silvana y Ruth son más chicas que yo, pero al cabo son niñas y todas me hablan. Lástima que las vea solamente cada año.

Cuando mi tío Alfredo va a casa de Celita, me pregunta si tengo ya una novia y promete que va a enseñarme a boxear. Yo nunca le contesto, me da vergüenza porque siento como si ya supiera cuáles son mis problemas en la vida: casi todos podrían resolverse con una novia y unas clases de box. ¿O de futbol? No sé. Me gustaría tomar clases de canto, pero no las que dan en el colegio. Cantan cosas horribles: *Adiós mi chaparrita, Jesusita en Chihuahua, Se levanta en el mástil mi bandera…* Guácala, parecemos soldaditos.

No he dejado de odiar ir a la escuela, pero ya lo soporto sin tener que rezar todas las noches. Cuando acaben las próximas vacaciones, voy a entrar al salón 42. Y en un año al 52. Y luego otro año más en el 62. Si por lo menos hubiera mujeres… Cada vez que Celita me cuenta sus historias de niña, cierro los ojos y me imagino a P. Si todo sigue así, Celita va a tener que ser nuestra madrina.

6.

Colecciono de todo, lo que sea. Cochecitos, estampas, banderines, boletos, muñequitos, canicas, timbres postales, cajas de cerillos, botones, fotos, historietas que Alicia junta y lleva a encuadernar. De cualquier forma, nunca completo un álbum de estampas, quizá porque lo intento siempre con más de tres al mismo tiempo, pero de todas las colecciones posibles tengo una que me da especial orgullo: mis libretas de autógrafos.

Hay tenistas, atletas, basquetbolistas, futbolistas, locutores, actrices, nunca descanso. Cuando Alicia y Xavier me llevan a pasear adonde sea, traigo conmigo una de las libretas. Nunca se sabe cuándo va a aparecer Pelé en la mesa de junto. Me gustaría más coleccionar autógrafos de cantantes, pero sigo escuchando música a escondidas.

El domingo pasado nos sucedió un milagro. Estábamos comiendo en un lugar repleto de gente, con dos americanos amigos de Xavier, cuando de pronto entró Raphael. Xavier fue quien lo vio, nos dijo a mí y a Alicia, ni modo que los gringos supieran quién es él. Varios lo saludaron desde sus mesas y yo me quedé frío. Ése que estaba ahí, con saco y pantalones de cuero, era el héroe que se atrevía a decir a gritos que, como yo, estaba enamorado hasta las orejas.

Era un valiente, y yo traía la libreta de autógrafos, pero en esos momentos yo no soy valiente. Yo solamente finjo que no me entero y miro a todos lados para que nadie vea lo que estoy mirando. Debo ya de tener más de cincuenta firmas de nadadores que no conozco, ni sé cómo se llaman, y a Raphael lo veo y no le pido nada. Me odio por miedoso, pero si nadie sabe que me gusta la música y estoy enamorado de P, no puedo ni dejar que se imaginen que me importa el autógrafo de alguien que canta cosas como esas. Hasta la misma P se reiría de mí.

Cazar autógrafos no es un deporte fácil. No soy malo nadando, puede que el año que entra vaya a competencias, pero me va mejor con los autógrafos. Cuando estoy en el club, me hago amiguito de las edecanes y logro entrar a algunos entrenamientos. A veces a los juegos, como la Copa Davis. Muy temprano, casi todos los días de vacaciones, Xavier me deposita en el club, y cuando hay Copa Davis el reto es que nos dejen pasar sin pagar. Efra y Javis no son muy rápidos, de seguro por gordos. Yo soy una lombriz y quepo en todas partes. Igual cuando se juega el campeonato nacional. Unas veces convenzo al de la entrada, otras me cuelo entre una bola de señores que entran con su boleto en la mano, o de plano me escondo en el baño desde las ocho y media, y a las once ya salgo y me busco un lugar en la tribuna.

Termina el juego y yo salto a la cancha, corro detrás de los autógrafos del día y levanto las manos frente a la cámara mientras el locutor hace su entrevista. Llego a los vestidores, a la cabina de televisión, a la sala de prensa, y lo que más me gusta es que estoy donde pasan cosas de verdad. Cosas que al día siguiente van a salir en los periódicos, y yo leeré pensando que *estuve ahí*. Me gustaría escribir de cosas tan importantes como una final de Copa Davis en Australia, aunque de todos modos yo con una raqueta no le pueda atinar ni a las moscas. Por eso digo que mejor cazo autógrafos. Ninguno se me va, excepto Raphael. Y por supuesto se me irían los Beatles.

¿"Por supuesto"? ¿Qué no era por miedoso? Si tuviera que ser sincero con Santa Claus, en la próxima carta le pediría un disco de los Beatles, pero es casi como pedir que me traiga una Barbie. Y yo quiero tener mis discos y ponerlos la tarde entera, llevo meses planeando confesarle a Alicia que necesito comprarme un disco. No tengo mucho ahorrado, pero sé cuánto cuesta el que quiero, y puede que me alcance…

Siempre pasa lo mismo, voy juntando el dinero, armo mi plan y luego no me atrevo. Ahora, de vacaciones, no necesito tanto de la música porque hago lo que quiero todo el día, pero cuando regrese a la escuela voy a volver a oír el radio a escondiditas. Y ya estoy harto de eso, quiero un día oír *Help* a todo volumen, que los vecinos me odien por ruidoso. Si pudiera, traería la melena hasta la cintura y unos lentes redondos como los de John Lennon.

A la entrada del cine me separo de Alicia y Xavier, busco la forma de colarme en la fila, y si puedo me meto sin pagar. A Alicia le preocupa, a Xavier le divierte. Me llevo las revistas de los consultorios, siembro mi cuarto entero con recortes, me acerco cuanto puedo al mundo de los grandes, donde las cosas son siempre más reales. En el librero grande —inmenso, de madera con puertas de cristal— hay tesoros rarísimos, cosas de las que un día voy a poder hablar.

A veces, cuando llegan invitados, Xavier les cuenta chistes hasta la madrugada. Todos se carcajean, menos yo que me escondo en la escalera. Paro muy bien la oreja, pero no siempre sé de qué se ríen. Me gustaría también coleccionar chistes, pero antes necesito acabar de entenderlos. De pronto voy y se los cuento a Efra, pero creo que siempre inventa lo que explica. A ver, si tanto sabe, por qué no me responde si es cierto que las niñas no tienen pipirrucho. Así le dicen ellos, nosotros le decimos pipiolera. Si no hubiera jurado no decir groserías, tendría muchas formas de llamarle. Y entonces coleccionaría palabrotas.

7.

Efra tiene una colección secreta. Dentro del calcetín, o debajo del forro de la mochila, se guarda un estuchito de plástico repleto de recortes. Seguro que trae más de veinte encueradas. El otro día fue a la peluquería y le arrancó dos hojas a un *Playboy*. Yo nunca había visto un *Playboy*, hasta cuando Xavier me llevó a su librero y me enseñó los cinco que tiene. Viejos, todos, pero igual las señoras salen encueradas. Están rarísimas, con el pelo enchongado y facha de mamás. Y sin embargo regresé al librero, esa noche. Y he regresado decenas de veces. Xavier me dijo que cuando fuera grande me gustarían revistas como ésas; no me atreví a contarle que me gustan muchísimo desde este momento, aunque algunas parezcan más bien tías. Ya quisiera yo que ésas fueran mis tías.

Cuando alguno de mis amigos llega a la casa, lo que importa es llevarlo a conocer el librero. Enriquito me preguntó si en los libros también hay cosas de ésas, yo le dije que sí, que muchos tratan no sólo de mujeres desnudas, sino también de viejos que se las enchufan. Él lo ha creído todo, claro que sí. De repente hasta yo llego a creérmelo. Veo libros y libros, cada uno con cientos de páginas, y me pregunto dónde estarán los que tratan de enchufes.

En el colegio todos jugamos a lo mismo. Te descuidas, llega alguien por detrás y *pas*: te enchufa. O en fin, hace como que lo hace. Al principio yo ni siquiera sabía de qué se trataba eso de enchufarse a la gente. Un sábado, corrí atrás de Celita, la agarré y le grité: *¡Mira cómo te enchufo!* Se enojó tanto que casi me pega, pero jamás le duran los corajes. Y yo jamás voy a volver a enchufármela.

Javis y Efra también juegan a eso. Ya luego se arrepienten y salen con que Dios nos va a castigar. ¿Pero qué tal esconden sus fotos de encueradas? En cambio, Enriquito sí que es morboso: a todo el mundo se lo quiere enchufar. Tiene primos más grandes que le enseñan palabras que nunca entendemos, pero las repetimos como si las supiéramos desde chiquitos. Según él, uno de sus primos ya enchufó de verdad, y otro tiene una grabación de una pareja que está enchufándose. Con lo fácil que sería enchufarnos aquí a sus hermanas.

Ellas fuman, se saben palabrotas y le roban dinero a sus papás. Enriquito también sabe fumar, pero yo ni lo intento. Prefiero las revistas de encueradas. Sólo de estar sentado con él y sus hermanas, viendo cómo se pasan el cigarro, me siento igual que cuando era ladrón. Como si ya nomás por agarrarlo me estuviera de nuevo condenando. Me siento muy niñito, además. Ellas son niñas grandes —once, doce años— y cuando fuman se ven viejísimas. No sé si las admiro o les tengo pavor. Las dos cosas, yo creo.

Tienen pocos juguetes, él y sus hermanas. Se gritan, se patean, se hacen llorar, se acusan todo el tiempo unos a otros. Una de ellas le llama a su mamá y le dice: "Ayúdame a estudiar, a ver si para algo sirves". Y la mamá le da una cachetada. Ni Alicia ni Xavier me la habrían dejado así de barata, pero en la casa de éstos es diferente. Uno hace lo que quiere, aunque tampoco hay mucho que hacer. Su papá ni siquiera tiene playboys.

Cada vez que Enriquito se queda en mi casa, sacamos los juguetes uno por uno, los regamos arriba y abajo, no paramos hasta que Alicia viene por mí, me lleva a su recámara y me pega de gritos en secreto, como si me estuviera pellizcando con la pura voz. Yo le digo que sí, que voy a levantarlo todo, salgo a seguir jugando y se me olvida el regaño. No logro controlarme, por eso siempre estoy en problemas.

No sé si sea triste esto de no tener con quién jugar. Alicia nunca para de llevarme y traerme, para que no me aburra, pero yo solo siempre me entretengo. Me aburre más cuando me llevan a casas de gente que no conozco y tengo que sentarme en

101

una mesa y me estoy calladito porque siento que todo me da vergüenza. A veces les suplico que me dejen mejor esperando en el coche, pero no me hacen caso. Lo que sí me permiten, aunque no siempre, es quedarme en la casa, y hasta en la de Celita, si queda tiempo para llevarme. Porque en la casa nunca me aburro, y cuando ya no quedan juegos por jugar y las muchachas se van a su cuarto, voy y me encierro solo en el estudio. Solo con el librero.

Más que puros juguetes, lo que a Xavier le gusta es regalarme libros. Me dio el de los hermanos Grimm, el de *Había una vez*, además de *La isla del tesoro*, *La cabaña del tío Tom* y no sé cuántos más. Como ése de *Las mil y una noches*, que llevo y traigo por toda la casa. Nunca los leo cuando me los da, más bien los guardo como si fueran víveres y en unos meses fuera a ser invierno. Siempre acabo leyéndolos, pero ni así consigo entender bien los otros. O sea los del librero, que son libros de adultos y no sé ni por cuál empezar.

El día que me enseñó sus cinco playboys viejos, Xavier me dio permiso para leer cualquiera de esos libros, y yo me sentí grande, importante, listo para saber lo que mis compañeros tienen que andar buscando por debajo del agua. Cuando alguno lleva un *Playboy* a la escuela, es porque lo agarró a escondidas de su papá. Y yo no puedo hacerlo, porque Xavier ya sabe que yo sé dónde están. Tenemos un secreto que ni Alicia conoce. Por eso de repente, cuando me quedo solo, no me aguanto las ganas de meter las narices en el librero y buscar dónde hay algo que yo a mi edad no debería saber. Algo que pueda luego ir a contar a la escuela, a casa de Efra y Javis, a la de Enriquito. Y todavía mejor, algo que me dé ideas para una nueva historia.

Cuando al fin estoy solo —en la sala, en la tina, con Tazi en el jardín— no me pongo a escribir, pero tampoco puedo parar de pensar. Se me ocurren una tras otra las historias, aunque casi ninguna sirva para nada. Cuando juego con otros niños a vivir aventuras de mentiras, cada uno se inventa nuevas cosas y todos las creemos, porque es parte del juego, pero con el cuaderno funciona diferente.

Escribo, me divierto, me lo creo, luego lo leo y ya no me siento igual. Es imposible todo, aparte no se entiende. Por si eso fuera poco, tengo muy mala letra. Y como Alicia no se resigna, me pone a repetir los ejercicios de caligrafía, pero nada de nada. "Patas de araña", dice. Yo no estoy tan seguro de querer tener una letra bonita, pero sigo intentando.

¿De verdad necesito que todo el mundo entienda lo que escribo? A lo mejor la buena caligrafía sirve para subir de calificación, pero a la hora de contar historias me acomodan mejor las patas de araña. Sólo yo las entiendo, es como si estuvieran en clave. Qué no haría James Bond con mis patas de araña.

8.

Tengo los dientes chuecos, por el accidente. Cada lunes Alicia me lleva al dentista. Odio traer la boca con frenos, así nunca le voy a gustar a P. Pero los nuevos dientes también me salen chuecos, y al rato ya también están con frenos. Siempre creí que los niños con frenos tenían cara de idiota. Además de los lunes al dentista, martes y jueves vamos al judo. Del viernes al domingo me llevan al cine. Pero no siempre voy a clase de judo. Es aburrido, sudo todo el tiempo, preferiría estar en la casa, jugando con Salustia y Ana María.

Somos buenos amigos, por eso paso tanto tiempo con ellas. Si están en la cocina (¡con el radio prendido!) no me muevo de ahí. Si no, las sigo adonde van. Cuando Alicia no está, jugamos a lo que se nos ocurre. Gritamos, correteamos, nos escondemos, nos carcajeamos, y lo que más disfruto es que también les gusta vacilar por teléfono. Unas veces llamamos a cualquier número, otras ellas me dicen a quién llamarle. Sus novios, sus exnovios, sus amigas, nadie se salva.

Lo único que nos falta es poner a tocar los discos de mis papás, pero esos no me gustan. Frank Sinatra, Lola Beltrán, Tijuana Brass, Tom Jones. Yo quiero oír *mis* discos, y no tengo ninguno. En las tiendas los miro, y hasta me les acerco cuando nadie me ve, pero no me imagino la cara que va a hacer Alicia si un día le digo que quiero comprar uno. A lo mejor no pone ninguna cara, pero a mí me arden las mejillas cada vez que lo pienso, y cuando lo planeo, y cuando me arrepiento.

El consultorio del dentista está en el Centro, a dos cuadras del Zócalo. A Alicia no le gusta tener que ir hasta allá, pero a mí me divierte. Venden cosas rarísimas, hay almacenes viejos y merolicos por todas partes. Detrás de Catedral, donde nació Celita (según cuenta, la calle se llamaba Escalerillas), venden yerbas y polvos para hacer magia negra, y muy cerca de ahí hay una tienda de trucos y bromas que ofrece verdaderos polvos de pica-pica.

Tengo diez años, Alicia ya me deja andar solo en las tiendas, y de repente por las calles del Centro. Podría ir a comprar polvos de pica-pica sin que nadie me descubriera, pero un disco jamás. Es muy grande, hace ruido, cómo voy a esconderlo. Ni modo de guardarlo con los de ellos. Para eso necesito estar de acuerdo con alguien, y esa tiene que ser Alicia. Tiene que ser, también, un lunes de dentista.

Ya está, lo dije todo. Fue como dar un salto desde una barda: cierras los ojos, brincas y piensas "ojalá no me rompa un hueso". Y no me he roto nada, fue al revés. Alicia me sonrió y dijo que sí. Que después del dentista podíamos ir, camino al estacionamiento. No dije nada más, la dejé en la cocina y me metí en el baño. Quería pegar de brincos sin que nadie me viera, me sentía como al principio de unas vacaciones. Pero eso no era nada, cuando al fin estuvimos en la tienda yo casi me creía el quinto beatle.

Alicia preguntó por el disco, la empleada se dio vuelta, lo tomó de un estante y me lo dio. Hasta ahora había tenido que esconderme para verlos de lejos, y de un momento a otro tengo uno agarrado. Lo estoy pagando, gracias a dos billetes que tenía guardados y un préstamo de Alicia, que no me iba a dejar quedarme sin mi disco. Tanto tiempo que me pasé creyendo que iba a reírse de mí, y ahora me está ofreciendo enseñarme a encender la consola. Al llegar a la casa, Ana María me hace burla. Ella sí sabe usar un tocadiscos.

Ana María vino de Tlaxcala, Salustia de Oaxaca. A veces se pelean y se dejan de hablar, pero el resto del tiempo nos divertimos mucho. Ana María tiene mal genio; Salustia igual, pero se ríe más. Ana María tiene novio y se besa con él, Salustia jura que esas son cochinadas. Quisiera preguntarle a Ana María cómo se dan los besos de novios, pero a eso sí que no voy a atreverme.

A ellas también les cuento que odio a las niñas. "Preferiría comerme veinte huevos crudos antes que darle un beso a una cochina escuincla." Yo creo que no me creen, pero de todas formas no voy a arriesgarme a que una de ellas se lo cuente a Alicia. Por eso miento siempre que hablo de niñas. P es mi gran secreto, nadie se va a enterar. Además, por ahora me conformo con lo que conseguí. Ya puedo escuchar todas las canciones que quiera. Puedo prender el radio, escoger la estación que más me guste, subir bien el volumen y cantar muy quedito para que nadie me oiga, porque eso sí me sigue poniendo rojo.

A Ana María y Salustia les gusta *El Cochinito*. A mí también, pero nunca doy una. El programa pasa a las ocho de la noche, mientras ellas preparan la merienda. Entonces le subimos el volumen al radio y nos callamos, como si ellas y yo estuviéramos concursando. Se trata de que el concursante adivine una por una las canciones que pone el locutor, y ellas siempre me ganan. Me he aprendido la letra de muchas canciones, pero el título no se me pega igual. No sé bien qué haya sido más difícil, confesar que me gustan las canciones o soportar cuatro años de oírlas a escondidas, y hasta inventarlas sin que nadie se entere.

Invento las canciones para mis historias, aunque no las apunte o las deje empezadas. Algunas son canciones que ya existen y les cambio la letra, otras se me van ocurriendo solas y las canto de noche, debajo de las sábanas. Deben de ser horribles, pero nadie va a oírlas. Me puedo imaginar a todo el salón 42 burlándose de mí, repitiendo la letra de la canción que le escribí a Ricardo Corazón de León. O a Excalibur, la espada del Rey Arturo.

Nadie sabe quién soy, ni lo que pienso. Nadie puede cruzar la calle y meterse en la escuela de P para chismearle que sueño con ella. Guardo tantos misterios que casi todo el tiempo necesito mentir. Les miento a mis amigos, al maestro, a la miss, a mis compañeros, a Ana María, a Salustia, a mis papás. Si un día les contara a todos la verdad, tendría que aventarme por la ventana. La verdad es horrenda, por eso no se ve.

9.

Cada año cambio miss y profesor, pero a Alicia le llegan las mismas quejas. "Indisciplina en clase". "Constantes distracciones". Y yo no puedo ya ni defenderme. Ni modo que le explique a mis papás que a lo mejor es que hablo tanto en clases porque en recreo nadie habla conmigo. No sería verdad, además, porque el recreo igual lo paso hablando solo. No es que esté distraído, es que estoy concentrado, sólo que en otras cosas.

¿Será por eso que me gana Enriquito? Siempre puedo decir que él hace trampas, porque sé que tiene alma de tramposo. Si de verdad me interesara ganarle a lo que fuera, haría como él que se concentra y pone todas sus fuerzas en no perder. Y a mí no me preocupa, porque no pierdo nada cuando pierdo. Los dos nadamos para el equipo de la escuela, pero él es el que gana las medallas. Para nadar tan rápido como Enriquito, uno tiene que levantarse a las cinco de la mañana y llegar al entrenamiento de las seis, cuando el agua está helada, y yo sí que soy malo para eso.

Aunque Alicia y Xavier me acuesten a las nueve, casi nunca me duermo antes de las doce. Alicia me llevó a entrenar dos o tres días, hasta que ya no pude levantarme. Enriquito, por una vil medalla, es capaz de dormirse y despertarse temprano. Y a mí lo que me gusta de estar en el equipo es que perdemos clases por ir a nadar. Levantarme a las cinco sería llegar, por gusto, dos horas antes a la escuela. Esa es la diferencia, que a Enriquito le gusta la escuela y yo la detesto.

Tampoco voy a ser campeón de judo. Como que la palabra *campeón* no fue hecha para mí. Campeones son los que sacrifican lo que más les gusta con tal de ganar, yo no sirvo para sacrificar nada. Si fuera campeón de algo no jugaría de noche, ni dirían que soy muy distraído, ni inventaría historias porque entonces la historia sería yo. Y cuando fui la historia no me gustó. Todavía hoy, cuando miro a la fila del 43, tengo que recordarme que eso ya terminó y estoy acá, bien lejos, a un metro de distancia. Ninguno me va a hablar, ni yo a ellos. Esa sí era una historia, pero no voy a sentarme a escribirla. Mis historias tratan de caballeros medievales, de ladrones y espías, de malvados satánicos, pero no de mi vida.

Andar haciendo diarios es cosa de niñas. No me imagino a mi mano escribiendo "Querido Diario…", ni confesando que alguien me hizo llorar. Tal vez el juego de contar historias no sirva nunca para contar la mía. ¿Qué dirían los del salón 43 si supieran que escribo historias de caballeros medievales? Se reirían, seguro. Sólo que si contara la verdad se reirían mucho más. Por eso yo prefiero contar otras historias. Necesito enterrar a la verdad.

Hay algo que aún me hace sentir culpable: Xavier y Alicia (más todavía ella que él) me creen inocente. La semana pasada, mientras hojeaba los playboys del librero, se me escurrió una súper gota de saliva sobre la pierna de una encuerada. La limpié con un dedo y se manchó. La limpié entonces con un trapo mojado. Cuando acabé, la mancha era una rueda blanca a media piernota. No podía arrancar la hoja, ni tirar la revista. La dejé ahí, como una bomba de tiempo. ¿Cómo voy a explicarle a mi papá que babeé su revista?

Lo único que me consta que sé hacer bien es no dejar que Alicia y Xavier sepan quién soy por dentro. Quiero que crean que tengo amigos y no me gustan las niñas, que nunca he visto un *Playboy* en el colegio, ni les miro las piernas a las misses, ni sería capaz de echar saliva sobre la foto de una encuerada. Al final, nadie cree que yo sea capaz de nada. Cómo, pues, si ser niño no me gusta. Se imagina uno todo y no puede hacer nada. No puedo tener novia, ni besarla sin que se rían de mí. Hay un adulto adentro que no para de aullar cada vez que susurro, debajo de las sábanas: *Qué-pa-sa-rá, qué misterio habrá, puede ser mi gran noche…*

Y al despertar soy niño y se está haciendo tarde para ir a la escuela. Ser niño es soportar que te levanten de madrugada para llevarte a rastras a la cárcel. Todos los niños juran que odian igual a las niñas y a la escuela, yo en cambio estoy enamorado de una con la fuerza que odio a la otra. De vez en cuando finjo un dolor de cabeza, o de estómago; si consigo que Alicia se preocupe, me gano un día libre —con mucha suerte dos— en la semana, y el derecho a pasarlo en mi camita. Más un montón de cuentos que Alicia muy temprano sale a comprarme. Hay tardes que me llega con juguetes. O álbumes, libros, juegos, lo que sirva para ponerme de buenas. Por mí, me pasaría la vida enfermo, sepultado por todas esas cosas y con Tazi echadito encima de la cama.

10.

Sólo una cosa buena puede tener la escuela, y a la mía le falta: niñas. ¿Por qué, si al otro lado de la calle está estudiando P, y de este lado yo, no podemos estar en el mismo lugar? Lo pienso y como siempre me da pánico. ¿Qué haría yo si un día P supiera lo poco popular que soy en el colegio? Sabría mis apodos, se enteraría de cosas espantosas. Creo que eso es lo peor de estar encarcelado: tener miedo a salir. P y mis papás creen lo que yo necesito que crean. Soy un actor, y la prueba es que nadie se da cuenta.

Si la gente que me conoce un día se juntara y cada uno dijera cómo soy, sabrían que ninguno conoce al mismo niño. Me aburro demasiado pronto de las cosas, cada día me gusta algo distinto. Mi cabeza es un árbol de navidad, las canciones son los adornos y las historias las luces. Con Salustia, Ana María, el radio y el tocadiscos, no necesito ser campeón de nada, me la paso tan bien que no me queda tiempo para entrenarme ni en tirar canicas.

Ya después de las nueve me aventuro a volar sobre la cama. Soy un caballero en busca del Santo Grial. Soy un gángster huyendo de diez mil detectives. Soy el jinete que hace un rato cabalgaba en la tina, pero me falta el nombre; tengo de aquí a la media noche para decidir cómo voy a llamarme. Mañana, ya en la escuela, lo pondré todo en el cuaderno. Es como imaginar un juego complicadísimo que no se sabe si va a funcionar. Pero como no tengo que convencer a nadie de jugarlo conmigo, acaba siendo el mejor de los juegos. El único que puedo jugar hasta el final sin que se me atraviesen otros niños.

Las historias están en la parte de atrás de mis cuadernos. Lo mejor es hacerlo en un cuaderno del curso pasado, porque así a nadie le interesa abrirlo. Y aunque lo abran, adentro hay puras patas de araña. Yo mismo a veces no me entiendo bien, pero eso de seguro le pasa hasta al agente *007. Lo siento, James, pero tenemos un problema con los códigos.* Lo bueno es que el maestro y la miss creen que me estoy volviendo aplicado, sólo porque me paso las horas llenando hojas de letras que nadie más entiende. Podría estar volviéndome loco.

Al final, tiene sus ventajas ser un niño y que nadie te tome en serio. Son las nueve de la mañana, el profesor está explicando no sé qué cosa de la fotosíntesis y yo estoy hasta adentro de mi cuaderno, planeando los detalles de un asesinato. La hoja está repleta, dentro y fuera del margen. Hago un círculo adentro del último huequito y apunto: "¿Cómo se va llamar el detective?" Necesito que tenga nombre de pazguato, no voy a permitir que me atrape. Dice Alicia que no hay crimen perfecto; yo opino que si existe no vamos a enterarnos. A menos que yo sea el que lo invente. Por eso nunca me queda tiempo para enterarme qué es la fotosíntesis. Y ya sé que está mal, quién me dice si no la fotosíntesis me sirve para armar un crimen perfecto.

11.

Veo los noticieros y los periódicos esperando encontrar noticias sobre crímenes. Alicia me prohíbe que lea esas cosas, pero ni modo que guarde el periódico en la caja fuerte. Y ni así, porque ya Xavier me enseñó cómo abrirla. Hay adentro relojes, collares, pulseras, anillos, carpetas y papeles. Nada que un día pueda serme útil para mi historia del crimen perfecto. En cambio los periódicos están llenos de cosas. Me gusta mucho ver en dónde esconden los cadáveres, qué inventan para tratar de salvarse, y sobre todo cómo los agarran.

Me paso no sé cuántas horas dándole vueltas dentro del coco, hasta que se me ocurre alguna idea que según yo podría funcionar. ¿Qué haría yo si fuera un adulto y hubiera asesinado a alguien? Escaparme, seguro. Pero entonces ya no sería perfecto mi crimen. Esa es la mejor parte de escribir historias, uno puede matar a todos los que quiera, y luego buscar quien se vaya a la cárcel.

Escribiendo entro y salgo de la cárcel cada que se me antoja, y puedo hasta salvarme de la horca sin que nadie me llegue ni a tocar. Lo único malo es que al día siguiente leo y no me convenzo, me digo que si yo fuera un lector y me hubieran vendido ese libro, pensaría que ese escritor es un mentiroso. Que hace trampa, como Enriquito. Y que hasta el detective más estúpido metería a la cárcel a ese matón zopenco.

Por eso leo periódicos y busco en el librero, necesito inventar el crimen perfecto, mi propia historia donde ganen los malos y nadie pueda nunca decir nada. Me da curiosidad saber lo que piensan los malos, por qué matan y roban y traicionan a todos. Yo no sé si soy malo, como me temo, o bueno como a Alicia le gusta creer, pero encontré una joya en el librero. Se llama *Los esclavos del Diablo* y me tiene con pesadillas desde entonces.

Viéndolo bien, tampoco es tan extraño que a un cobarde le caigan bien los asesinos. Si no fuera cobarde, sería fácil hacerme asesino. Pero sería torpe, antes de irme al infierno me iría a la cárcel. Últimamente no le tengo tanto miedo al infierno. Puede que sea porque ya me libré de ir a dar hasta allá, y ahora quiero saber qué es lo que había.

La señorita G nunca me dijo que hubiera un club de amigos del Demonio, ni menos que escucharan rock y trajeran melena. Yo los imaginaba arrepentidos, sufriendo para siempre, no aliados a su jefe y cometiendo diabluras por el mundo. ¿O sea que esos son los malos de la vida real, los que ganan y ganan y nadie los castiga, los que el día que lleguen al infierno van a ir a recibirlos con música, edecanes, cámaras y micrófonos? Que me perdone la señorita G, pero igual si yo fuera el Demonio recibiría en grande a Charles Manson.

Ha estado preso casi toda su vida, desde niño. Aprendió a hipnotizar en su celda, mirando hacia un papel sin parpadear, por horas. Nunca ha matado a nadie, pero enviaba a un verdugo con sus sacerdotisas a asesinar familias enteras. Hipnotizadas, dicen. Eran hasta bonitas, las sacerdotisas. Se llamaban Patricia, Linda, Susan y Leslie. Una noche escribieron, con la sangre de los asesinados, la palabra *cerdos* sobre el espejo. Mataron a una actriz y a cuatro más. Su marido no estaba con ella, un director de cine al que los nazis le mataron a sus papás, de niño.

En alguno de mis cuadernos escribí su nombre: Roman Polanski. Después le pregunté a Alicia por él y se acordó de una película que la había dejado con pesadillas, como a mí las películas del Hombre-Lobo: *El bebé de Rosemary*. O sea que coincidía, ese Polanski tenía algo que ver con los sueños horribles. Toda su vida es una pesadilla. Si sus películas salen como su vida, yo quiero ver una de esas películas. ¿Me llevaría Alicia a ver *El bebé de Rosemary?* No lo creo. Apostaría a que es sólo para adultos, igual que casi todo lo interesante.

Un día debería intentar proponérselo, falta que la película esté en cartelera. Claro que si me dice desde ahora que sí, ya no podría echarse para atrás. Si es por el puro asunto de los bebés, la tengo hecha. Hace días que me agarró en el coche, camino de la casa, y me explicó que todos los bebés crecen dentro del cuerpo de la mamá, gracias a una semilla que quién sabe de dónde llega. Alicia dice que la envía Diosito, pero yo creo que llega hasta allá luego de que el señor se enchufa a la señora. Ni modo de decírselo, me daría las cachetadas que no me dio Celita. Cada vez que me pide que enchufe el tostador, me tengo que aguantar las risotadas. Cómo será la cosa, que hasta Salustia y Ana María se pusieron furiosas cuando les dije que me las iba a enchufar. Si lo vuelvo a decir, van a acusarme con Alicia.

En la escuela es la cosa más normal, todos hablan de enchufes y juran que se van a enchufar a la miss. Uno de ellos le dio tres tarjetas de lunch a otro para que se dejara enchufar y se fueron al baño, a la hora de la clase de natación. Los que estamos en el equipo de la escuela no nadamos en clase, porque entrenamos toda la semana, y luego en el club sábado y domingo. Ni modo que nademos junto a los otros, con tabla salvavidas. Pudimos ver que se iban al baño de primaria, mientras los otros seguían pataleando detrás de sus tablitas. Ya en la clase de inglés, ninguno se atrevió a pedirle a la miss que les pusiera diez en el examen de enchufe.

12.

Miss M está guapísima. Si pudiera, la agarraría y le pondría un besote. Pero se enoja fácil, no sé ni qué me haría si me cachara haciendo chistes de enchufes. Cuando sale, nos dice "vengo en cinco minutos", y los enchufadores corren hasta hacerse montaña bajo el pizarrón. El chiste es esperarse, para caer hasta arriba y que nadie te enchufe. Si Miss M regresa y seguimos allí, la hacemos creer que estamos jugando a las luchitas. Miss M grita y todo el mundo corre a su lugar. Entonces nos regaña y sigue con la clase.

Nos callamos bien pronto por tres razones: es guapa, nos cae bien y tiene un geniazo. No grita mucho, pero castiga pronto. Y cuando está de buenas es tan linda que siente uno vergüenza de hacerla enojar. Pero a mí se me chispa, no sé cómo evitarlo. Puedo hacer cualquier cosa menos estarme quieto, por eso nunca salgo de su lista negra.

Un día, Miss M se me queda mirando horriblemente seria, me pide que me pare y salga del salón, pero antes de eso me da un papelito y me exige que se lo lleve al prefecto. Los dos sabemos qué quiere decir eso: van a mandar llamar a mi mamá. Le suplico a Miss M que me perdone, le prometo portarme bien el resto de mi vida, pero ella opina que llevo todo el curso prometiendo, y de una vez me saca del salón. "¡Y ay de ti si no vas directito con el prefecto!" O sea que ni lo pienso, arrastro los pies solo hacia la odiada oficina, encuentro ahí al prefecto que me echa ojos de dóberman y me pregunta qué hago fuera de mi salón.

"Le traigo un recadito de Miss M", le explico a media voz, y alguien dentro de mí cierra los ojos. Pienso que en un instante va a caerme la escuela entera encima. El prefecto deja de lado el papelito y esculca en un cajón, mientras yo me pregunto si no estará buscando un formato de expulsión. ¿Existen los formatos de expulsión? Yo supongo que sí, pero sólo los ven los expulsados.

Vuelvo al salón cargando una caja de gises. Miss M me recibe en la puerta, doblada de la risa y más guapa que nunca. Me da un beso, además, y yo tengo que estar coloradísimo porque me arde la cara hasta medio cuello. ¿Se dará cuenta ya que de hoy en adelante voy a ir con todo gusto adonde se le antoje? Podría quitar la cara de asustado, pero no voy a hacerlo mientras Miss M siga riéndose, tan linda. Si yo fuera el prefecto, no saldría de este salón. Me darían envidia los alumnos, los andaría expulsando por cualquier cosita. Miss M me dio un beso, si yo fuera el prefecto me estaría pudriendo de los celos.

Tendrá veinticinco años el prefecto, puede que un poco más. Usa bigote, trajecito y corbata, nos habla con megáfono a la hora de entrada y cuando regresamos del recreo. Casi siempre repite mi apellido, porque hablo o me distraigo o no termino de marcar el paso. Nunca estoy firme-firme, ni en descanso-descanso, para mí descansar es echarme en la alfombra, no estar como soldado con las patas abiertas a medio patio.

El prefecto me trae en salsa, según Alicia, y eso la hace enojar. Así que me regaña, me castiga, me acusa con Xavier, me amenaza con cantidad de cosas si el prefecto la vuelve a mandar llamar, y no puedo evitarlo. Cuando no es el prefecto, es Miss M o el profesor de español. Un día de éstos va a ser el de educación física. La llaman y la llaman, como si ella pudiera arreglarme.

Estoy mal, ya lo sé, por eso uso botines y plantillas, y me aprietan los frenos cada semana, y nunca ganaré medallas de natación, ni de judo, ni de puntualidad, ni de nada que no sea desesperar a todos los adultos que tienen que aguantarme. Hasta a Salustia y Ana María las desespero, y a Celita he llegado a dejarla temblando. Así es como ella dice, *temblando del coraje*. El otro día Enriquito me lo dijo. "¿Verdad que te trae ganas el prefecto?" Le dije que no tantas, pero ya sé que me descuido y me expulsa.

Nunca me han expulsado, ni por tres días, pero siento que va a tener que pasarme. Cada vez que Miss Carol o el prefecto anuncian una nueva regla de disciplina, creo que tarde o temprano me la van a aplicar. Dice Alicia que las supersticiones son para los que no van a la escuela, pero igual yo no voy por gusto a ese lugar. Me llevan a la fuerza, como a Manson. Y va a ser peor ahora que ya se va Miss M.

Nos lo soltó al principio de la clase, luego nos explicó sin explicar nada y vino a despedirse de cada uno. "Adiós, travieso", me dijo muy quedito, mientras me acariciaba la cabeza, y yo me eché a llorar igual que todos. Al final de la clase parecíamos una orquesta de chillones. Garza, González, Aguilar, Valverde, Yapur, Balbuena, Rodríguez, Kladiano, Arenas, Castillo, ninguno se aguantó. Ya en el patio, a la hora de salir, seguíamos chillando. Los de sexto venían a hacernos burla: "No lloren, barberitos".

Alicia se extrañó. ¿Cómo puedo llorar porque se va Miss M, *si también ella me traía en salsa*? ¿Qué quiere que le explique? Si ella la hubiera visto reírse así, la melena volando y los agujeritos en las mejillas, entendería que no era posible ser un alumno del 42 y no estar un poquito enamorado de Miss M. Nunca nadie lo dijo, hasta que se nos fue. Pero éramos sus fans, por eso todo se lo perdonábamos, hasta que nos pusiera en manos del prefecto.

13.

Cuando estoy con amigos —Efra, Enriquito, Javis— les platico que leo *Los esclavos del Diablo* y *Los crímenes más sensacionales del mundo*. Les cuento lo que sé de Charles Manson, John Dillinger, Goyo Cárdenas, Romero Carrasco, Pedro Gallegos y Ramón Mercader. Lo sé también por Xavier y Celita, que me han ido contando cómo fue cada uno de esos asesinatos. Lo que salía en los periódicos, lo que decía la gente, lo que supieron ellos. Xavier había estado afuera de la casa de Goyo Cárdenas mientras desenterraban a sus víctimas. Celita tenía poco tiempo de viuda cuando Romero Carrasco mató con un cuchillo a toda una familia, incluidas las muchachas y el perico, para que nadie fuera con el chisme.

Una noche, me paso no sé cuántas horas rogándole a Celita que me cuente la historia de las Poquianchis, pero ni de rodillas la convenzo. Dice que esos son crímenes muy feos y que me quitarían el sueño. "¿Más feos que los de Manson?", le pregunto, y ella me da la vuelta con cualquier pretexto. Ya es hora de dormirse, además. Si sigo hablando de cosas horribles, voy a soñar que vienen las Poquianchis y me entierran en casa de Goyo Cárdenas.

La otra parte de mí sigue viendo *Los Picapiedra*. Es una parte grande, aunque bien escondida. Alguien que no soy yo (porque a mí me interesa ser malo), a quien le gusta el circo y lee las aventuras de *Los siete secretos* y las *Historietas de Walt Disney* y se viste de Batman para salir con Tazi a dar la vuelta. El mismo niño tonto que tiene el uniforme completo de un equipo de futbol americano y no sabe ni cuál, porque nunca ha jugado ni entiende el reglamento.

No lo veo ni por televisión, pero me gusta andar con el equipo puesto. Hombreras, rodilleras, riñoneras, casco. Debería ocurrírseme que en una de ésas alguien podría verme. Un niño de la escuela, por ejemplo. Si me viera de jugador de americano, podría inventar que juego en un equipo. ¿Y si me ve de Batman? A lo mejor él tiene otro disfraz idéntico, pero una cosa es tenerlo en tu casa y otra que te lo vean puesto en la calle.

Hay como una muralla muy alta y muy gorda entre la escuela y lo demás de mi vida; cuando estoy en un lado me escondo del otro. Excepto en mi cumpleaños, cuando es inevitable que Efra, Javis y Enriquito se junten con Garza, González, Balbuena y los otros. Invito cada vez a cinco o seis, los que puedan caber en el coche de Alicia. Antes me organizaba fiestas en la casa, pero hicimos un trato mejor para los dos: me lleva a un par de parques con mis amigos, rentamos bicicletas y luego lanchas. A cambio de eso, ya no tiene que organizar nada, y menos en la casa.

Celebro mi cumpleaños un sábado completo, volvemos empapados de las lanchas y apestamos a caca y nos reímos hasta el lunes siguiente. Para eso son las fiestas de cumpleaños, es como si los invitados hicieran una tregua y nadie le tuviera que ganar a nadie. De pronto ya no importa quién es quién en la escuela, y hasta sería posible que todos nos sentáramos a ver *Los Picapiedra*. No tanto, pues, pero me gustan mucho las fiestas de cumpleaños, odio que no me inviten.

Tengo una lista de mis mejores amigos, numerados del uno al diez. El problema es que cambian de lugar todo el tiempo. Luego, si no me invitan a su cumpleaños, los saco de la lista de un solo tachón. Prefiero que sean nueve, mientras encuentro al décimo. Y como los que menos duran están en los primeros lugares, pienso a veces que yo no tengo ni un amigo. Ninguno que me quiera ver en el recreo, ni en su fiesta, ni en su otra vida. Cómo quiero que sean mis mejores amigos, si ni sé dónde viven.

Aquí adentro somos todos distintos, no podemos dejar que sepan cómo nos portamos afuera, qué nos gusta, qué nos da miedo. Yo tampoco me aguantaría las ganas de contar que el domingo vi a Garza disfrazado de osito de peluche, o a Balbuena jugando matatenas con sus hermanas. Pero no he visto a nadie más que a mí, con ese trajecito de hombre-murciélago que me trae por las calles igualito que al Batman de verdad, que va en el batimóvil alerta, esperando el ataque del enemigo.

La semana pasada soñé que regresaba al salón 23 y una pandilla de pingüinos y guasones me arrancaba la capa y el antifaz, sólo para que P me viera y dijera: "Eres el hazmerreír de Ciudad Gótica". A Xavier no le gusta que me pase las clases contando chistes, dice que voy a ser el hazmerreír de la escuela. Pero yo no los hago reír con mis chistes, porque son casi todos de heridos y acuchillados. Yo los quiero asustar. Es la mejor manera de que nunca puedan imaginarse que a los once años todavía me visto de Batman. Tendría que llegar así a la escuela para hacerlos reír de verdad.

Mi mayor pesadilla sería que algún día nos mudáramos a una casa como la de Valverde, que está enfrente del patio de la escuela. Me pasaría los recreos metido en el salón, o en el baño, con tal de no tener a Alicia mirándome desde el balcón de su recámara. Valverde se despierta al cinco para las ocho y está pasando lista a las ocho y cinco, aunque tenga la almohada marcada en el cachete. Yo en cambio me levanto a las siete y cuarto, y hasta Alicia me ayuda a ponerme los calcetines y amarrarme las agujetas. Desayunamos a la carrera y salgo con Xavier a correr el *Grand Prix San Ángel - La Florida*. Por eso llego menos dormido que Valverde. Casi siempre en puntito de las ocho, y con suerte más tarde.

Siempre que veo el reloj y pasa de las ocho, me queda la esperanza de que el prefecto no me deje entrar. Cuando Xavier no encuentra los anteojos o las llaves del coche, cuando Alicia se olvida de ver la hora, cuando se hace tardísimo y Xavier no termina de cambiar una llanta. Por mí le poncharía las cuatro, pero eso no sería un crimen perfecto. Eso sería más obvio que mi papá llegando a trabajar vestido de Batman. Claro que yo querría un trabajo como ése. Xavier y Alicia creen que voy a ser banquero yo también, y a mí me gustaría ser cantante y vestirme de Batman. Si un día mis compañeros se enteraran, votarían para enviarme a primero de primaria.

14.

Todavía detesto que me pregunten si a mí me gustaría tener hermanos. ¿Cómo me iba a gustar? Si de por sí termino peleándome con todos, tendría que pelearme con mi hermano. Y él contaría mil cosas mías en la escuela, y yo tendría que escupir en su sopa. Agarraría todos mis juguetes, sacaría mejores calificaciones, tendría más amigos, sería más valiente. Y entonces sí tendría que pensar en un crimen perfecto. Efra y Javis se saben todo uno del otro, Enriquito abre la puerta del baño delante de mí cuando su hermana está sentada en el wáter. Esas cosas sólo las hacen los hermanos.

¿Para qué quiero uno? Si fuera grande, me pegaría. Si fuera chico, tendría que cuidarlo. Si fuera niña, se haría amiga de P y a mí me mandarían con su hermanito. Cuando tienes hermanos sabes mucho de niños, pero nada de adultos. Juegas más, te peleas mejor, te aburres menos, pero yo juego solo y no me aburro y voy a clases de judo. Además, tengo tiempo de sobra para espiar y nadie que me acuse.

Sigo siendo cobarde, pero hace varios meses que tengo un plan: quiero saltar con un paracaídas. Entiendo que se rían cuando lo cuento, porque nunca me ven saltar ni medio metro, y porque ningún niño puede hacerse paracaidista, pero es algo que un día quiero hacer, como escribir un libro y casarme con P. No sé cuándo lo haré, aunque ya para entonces no voy a ser niño. Todavía me quedan varios años para quitarme lo cobardón, eso es lo que quisiera explicarles.

Ayer Alicia me llevó al tobogán gigante, con Efra, Javis y su mamá. Y yo, que quiero ser paracaidista, la puse en gran vergüenza. Efra y Javis se acabaron sus diez boletitos en media hora, así que de una vez les regalé los nueve que me quedaban.

Tenía miedo y ganas de vomitar, no iba a volver al tobogán maldito ni por el precio de cincuenta boletos. Alicia habló conmigo, se esforzó cuanto pudo por convencerme y nada: el tobogán seguía pareciéndome un canijo instrumento de tortura. Cuando sea grande y salte en paracaídas, verán todos que no soy el que ven. Mientras tanto que crean lo que quieran, ni a empujones van a subirme al tobogán.

Los demás también saben ser cobardes. Cuando hay que hacer maldades, yo soy el que se atreve. Yo soy el que se roba los pases para entrar a la Copa Davis. Yo le estrello el huevazo al camión y me cruzo la calle entre los coches. ¿Cómo voy a explicarle a Alicia que así como me da pavor aventarme del tobogán, soy el único que se atreve a torear coches con el suéter del uniforme de la escuela?

¡Olé!, gritan mis compañeros. Piensan que soy tan bruto que lo hago nada más por hacerlos reír. *¡Olé!*, otra vez, y hasta la vieja vaca del Chevrolet nuevo baja la ventanilla para decirme "escuincle baboso, te van a matar". *¡Olé, matador!*, gritan y se emocionan y vuelven a reírse porque ya estoy hincado en el pavimento, esperando a una camioneta repartidora que viene acelerando hacia nosotros.

No me muevo, levanto mi suéter, veo que algunos ya se asustaron con eso de "te van a matar". Piden que me levante, por lo menos, qué tal si el de la camioneta no me ve a tiempo, pero yo sé que ya me vio, y me late que quiere darme una lección. Va a pasarme muy cerca, voy a cerrar los ojos, voy a pensar: "Mejor ser niño muerto en Insurgentes que niño fracturado en el tobogán".

Por lo menos el niño de Insurgentes habría muerto jugando un juego de verdad. Se lo digo a González y a Garza, a Valverde, a Balbuena, y todos creen que estoy completamente loco. No les puedo explicar que me estoy entrenando para paracaidista. No creo que el de la camioneta quiera matar a un niño, y yo en cambio sí quiero saber si voy a ser capaz de realizar mi plan, cuando sea grande.

122

No sé si un día me atreva a saltar del tobogán, lo que a mí me interesa es saltar de un avión. Puedo tenerle miedo a los toboganes, pero nunca a la muerte. No seré tan valiente como yo quisiera, aunque sí más de lo que Alicia cree. Lástima que no pueda sentirse orgullosa.

15.

Casi todos los niños juegan alguna vez a los bomberos. Yo igual, pero antes de eso juego a que soy grande. No es suficiente con decir que hay un incendio allí, necesitamos fuego de verdad. Cubetas, manguera, agua, un bote de basura repleto de papeles, un poquito de alcohol. Y esa es otra razón por la que no me invitan a los cumpleaños. Siempre acabo metiéndolos en problemas, sólo porque no quiero esperar hasta ser grande para vivir la vida de verdad. ¿Quién me dice que cuando sea grande no me voy a volver un cobardazo?

No sé qué va a pasar cuando al fin crezca, pero no me entusiasma la idea de estar como Xavier, encerrado en un banco el día entero. Si tengo que vivir contando dinero, por lo menos que sea el de mi cartera. Se lo digo cuando me lleva a su oficina, en el Centro. Que me encanta, porque me paso la mañana jugando en su privado, luego las secretarias me llevan a pasear por todo el edificio y de repente ya no quiero ser grande. Me da miedo que un día tenga que trabajar en un lugar así, hablando todo el día de millones de pesos que no voy a poder gastarme en discos.

Dice Xavier que ya con dieciséis años podría contratarme los dos meses de vacaciones. Como office boy, y a mí no me interesa crecer sólo para eso. Quiero ser grande para andar en moto y saltar en paracaídas, no para hacerme viejo a los dieciocho. De todos modos dice Xavier que cuando uno es adulto le da por ver las cosas de otra forma. Tal vez cuando sea grande no escriba más historias ni me interesen los paracaídas. A lo mejor mis juegos son tan falsos como un juguete de papel, pero me he dado cuenta que duran más tiempo. Cuando intento explicarlos, todos me ven con caras de aburrición. Sólo yo me divierto con mis juegos, a lo mejor porque invento las reglas sin tener que ponerme de acuerdo con nadie.

En mis historias puedo prenderle fuego a todo lo que quiera, sin que me echen la culpa de nada. A veces no me sale, y lo cierto es que nunca ha acabado de salirme. Pero de eso me entero mucho después, cuando todo pasó y estoy de vuelta en el aburridísimo salón 52, donde si prendo un solo cerillito voy a ir a dar a la oficina del prefecto. En ninguna de mis historias hay prefectos, ni niños. Soy grande en todas ellas, igual que los demás personajes. Ninguno de ellos está jugando. Y eso es lo que me gusta, jugar a que no estoy jugando en realidad.

Celita no ha querido enseñarme a jugar póker. Dice que ni Xavier ni Alicia se lo perdonarían. Le pregunto si cuando tenga doce años, pero no la convenzo. Jura que ni siquiera a los catorce. Ya parece que con catorce añazos voy a seguir jugando serpientes y escaleras. Puede que para entonces ya haya logrado ver una película de Roman Polanski. Alicia, por lo pronto, dice que tampoco. Que no la entendería, además, y ni modo que diga que ya entiendo de todo y digo groserías y me robo las plumas sin miedo al infierno y ya sé que enchufar se dice *coger*. No puedo decirle eso a mi mamá. Me voltearía ahora sí *la boca pa' la nuca*, y seguiría sin ver *El bebé de Rosemary*.

Van a pasarla la semana que entra, estoy harto de suplicarles que me lleven. Ya sé que es para adultos, pero va a estar en el autocinema. Podría colarme debajo de los sarapes, como cuando tenía nueve años. Sólo que la película era de James Bond, me recuerdan, me aburren, y James Bond no tenía hijos con el Diablo. ¿Cómo voy a explicarles que necesito ver *El bebé de Rosemary* para ver si así entiendo por qué Manson mandó matar a Sharon Tate?

Encontré una entrevista con Polanski, venía en el suplemento de los domingos. La leí y me quedé con la boca abierta (Xavier diría que como de costumbre). Cuenta que tuvo una infancia espantosa, huérfano y escondido de los alemanes. Dice que en sus películas el héroe siempre es un perdedor. ¿O sea que no estoy solo? ¿Verdad, Roman Polanski, que los héroes no tienen que triunfar al final?

La semana pasada González me contó que las novelas necesitan tener *planteamiento*, *clímax*, *desenlace*, más no sé cuántas cosas que las mías no tienen. A lo mejor por eso no acaban de quedarme, aunque al final lo divertido no es terminarlas. Igual que con los álbumes, que nunca lleno. Como que se me van quitando las ganas, o empiezo un nuevo álbum y me voy olvidando del anterior. Alicia siempre pone de ejemplo a Enriquito, que junta sólo un álbum, pero lo llena. Tengo montañas de álbumes incompletos y estampas repetidas que guardo como si fuera a necesitarlas.

Tal vez podría terminar cada historia si ya hubiera encontrado la manera de cometer un crimen perfecto, pero ni eso ha acabado de ocurrírseme. Por eso necesito ver las películas que ven los grandes, no entiendo cómo tengo que hacer para que no se note que quien cuenta la historia es un niño que todavía no cumple los doce años. Un escuincle baboso que cree que va a quitarse lo cobarde toreando coches en Insurgentes. Xavier diría lo mismo, si se enterara. ¿Cómo se hace para que los lectores vean sólo al valiente, no al escuincle baboso? Si pudiera hacer eso, sería Polanski.

16.

Cada que empieza un año escolar, Xavier y Alicia pasan una tarde completa forrando mis libros. Cortan los plásticos al tamaño exacto, los pegan con muchísimo cuidado. Como si luego fueran a venderlos. No saben que es más divertido rasgar un libro bien forradito. Claro que no es lo mismo ir en segundo que en sexto año. Llegar a sexto de primaria tiene ventajas impresionantes, como ser de los grandes y saber que el problema de ser niño se acaba el año que entra.

Ya no tengo que hablar mal de las niñas, y hasta diría que nada es tan interesante como todo ese tema de niñas, mujeres y encueradas. Nos pasamos el día hablando de eso, haciendo dibujitos, inventando historietas donde a todas las monas se las parchan. Algunos dicen que ya parcharon, pero nadie les cree. A los doce años nadie parcha contigo. Pero uno nunca sabe, siempre puede pasar.

Al final del recreo, llego a la fila y todos están igual. Cada vez que miramos venir a una miss, gritamos sísí-sí o no-no-no. También los del 61 y el 63. Cuando viene una fea y se detiene frente a otro salón, respiramos de nuevo. Y ahí vamos otra vez, porque una guapa de minifalda viene cruzando las primeras filas y ya Arriaga, Balbuena y yo, que somos los más altos, gritamos sí-sísí-sí-sí-sí, mientras los del 63 maldicen su suerte porque la bruja fue a parar con ellos. Y ya todo el 62 está que aúlla *sí* desde que Miss Piernotas pasó de largo frente a los cuarentas, y los cincuentas ya tienen sus misses.

Cuando por fin las piernas dejan atrás la fila del 61, las recibimos con un griterío (los de los otros grupos se retuercen de envidia). Aguilar, que se forma adelante, da unos pasos atrás y escupe la noticia: "Se llama S". ¡S! Una vez que el prefecto nos da orden de marchar, Balbuena mira hacia los del 63 y les dice, cantando: "Nos vamos a pasar el año viendo piernas".

Tener una maestra como S vale más que ganar un mugre campeonato. Ni modo que le veamos las piernas a un trofeo. Miss S, en cambio, tiene una falda tableada que se le va hasta arriba cuando se sienta. Siempre que se la pone, no hay nada más bonito que pararse a tirar la basura. Ella como que se hace la distraída, pero no puede ser que no se dé cuenta. Ni siquiera a los basureros del patio les echan tres o cuatro papeles por minuto. Vamos uno tras otro, cada quién con su papelito (Balbuena cortó una hoja en cachitos, tira uno cada vez que va hasta el bote), y ahí está de perfil Miss S, sentada con las piernas de fuera, detrás del escritorio que no nos deja verla completota. De repente se para, escribe un par de cosas en el pizarrón y nosotros abrimos todos la boca, ninguno para hablar.

Los más bravos se agachan, pero ni así consiguen mirar más arribita. Sólo cuando logramos que se agache ella. Si uno se hace el enfermo y se recuesta sobre el pupitre, Miss S va con él y le habla muy quedito en el oído, mientras los tres o cuatro que están detrás se tiran a mirar debajo de la falda. Ya le he visto dos veces los calzones, pero como que nunca es suficiente. Dicen que el otro día no traía, pero esas son mentiras. A lo mejor es que eran muy chiquitos.

Alicia opina que Miss S está flaca, pero Alicia no es yo. Ni Garza, ni Aguilar, ni todos los que nos pasamos la mañana esperando a que sean las doce del día y apostando pedazos de lunch por la falda que va a traer puesta: el que le atina es el que oficialmente durmió con ella. Hoy, por ejemplo, S es la señora Balbuena. Pero nunca va a ser mi mujer de verdad, aunque le atine hasta a su marca de brasier. Todo el día me regaña, la desespero rápido, me ha mandado dos veces con el prefecto. Hasta hoy todavía no me expulsan, pero sigo con miedo. Todo lo malo alguna vez me tiene que pasar, ya me toca que llamen a Alicia y le digan que estoy expulsadísimo.

Afortunadamente, no todas las piernudas tienen el genio como Miss S. Las misses de allá abajo, por ejemplo, han aguantado cosas por las que Miss S nos habría llevado a la oficina de Miss Carol, sin siquiera pasar por la del prefecto. Cosas que ni Celita me perdonaría, groserías que se supone que no sé. A ver, ¿qué me diría Miss S si un día le apuntara en un examen "Mamacita buenota te voy a parchar"? Por lo menos tendría que escribirlo en inglés.

Las aulas de primaria están todas en el segundo piso, kinder y preprimaria quedan abajo, secundaria y preparatoria en el tercero. Pero ése es otro mundo, los grandes ni nos hablan. Y nosotros tampoco pelamos a los niños de kinder, pero podemos verlos desde las ventanas. No a ellos, a sus misses, que se sientan justo en la orilla del patio, sobre un banco tan pequeñito que les quedan más altas las rodillas. Nosotros las miramos cada vez que el maestro o la miss nos dejan solos. Vuelven y nos encuentran encaramados sobre los pupitres.

Según Miss S, nos divertimos viendo a los enfermos del hospital de al lado (nos regañan si les decimos *loquitos*), pero cualquiera sabe dónde está el show. Mientras sigue la clase, abrimos las ventilas y echamos avioncitos de papel. Apostamos a ver cuál va a caerle a la miss de aquí abajo. Uno ya le cayó en medio de las piernas, casi se le clavaba debajo de la falda. Yo no lo eché, ni lo construí siquiera, pero sí le escribí en una de las alas: "¡Qué piernotas!" Y la miss lo leyó, y no dijo nada. Desde entonces le estamos enviando mensajitos, cada vez más pelados. El de ayer, por ejemplo, decía "Mamasota chichona". De pura suerte no lo leyó, algunos solamente los levanta, los rompe y los echa a la basura.

Según Miss S, voy a ser escritor. Yo le digo que no, que cómo cree, porque los escritores se mueren de hambre, pero ella insiste. Prefiero trabajar en el horrible banco de Xavier que tener que morirme de hambre por andar dedicándome a *visiones*, como diría Celita. Ella también opina que voy a terminar escribiendo novelas, pero es que eso es un juego. No escribo las historias porque quiera volverme escritor, las hago igual que otros hacen dibujos.

Si los monos no me salieran tan chuecos, haría mis historias con dibujitos. Escribiría historietas, y serían igual de malas que

129

mis historias. Podría ser por eso que no las termino. Me doy cuenta muy pronto de que no sirven. O se dan cuenta ellas de que yo no les sirvo. Como si de repente Miss S me besara y pusiera cara de asco porque no sé besar. ¿Quién va a creerme cuando le cuente una historia de amor, si se nota que nunca he besado a nadie? No es que me atreva a hacer historias de ésas, pero de todos modos quien no sabe besar es un mocoso, y ni siquiera eso, sino un moco.

Cuando quiero ponérmele al brinco a Xavier y le hablo con palabras de gente grande, se me queda mirando y se pregunta: "¿Y este moco de dónde me salió?" Balbuena, Garza y Aguilar ya invitaron al cine a Miss S, van a ir el viernes saliendo de clases. No digo que no quiera que me inviten, pero Miss S nunca besaría a un moco. Tiene veinte años y nosotros doce. Si no me falla el cálculo, podría ser mamá de un niño de primero.

17.

La mamá de Enriquito y la de Javis y Efra se aborrecen. Ni siquiera en mi casa se saludan. El otro día se pelearon por mí. Tenía que regresarme del club con Javis y Efra, y sin decirles nada me fui con Enriquito. Sigue siendo tramposo, pero no es como ellos, que en el primer descuido van y te acusan con su mamá. Enriquito, además, compra revistas de encueradas. Las tiene dentro de un portafolios viejo, muy bien escondiditas. No sé cómo se atreve a llegar y pedir una revista de ésas. Dice que la señora del puesto se le queda mirando, como diciendo "Míralo tan chiquito y anda ya de caliente".

Javis y Efra también detestan a Enriquito, y él a ellos tampoco los saluda. Son tan gordos que su mamá los llama "gordos", y Enriquito es tan flaco que Xavier no lo baja de "escuincle lombriciento". Cuando lo oyeron Javis, Efra y Rober se caían de la risa. Desde entonces les gusta preguntarme por mi amigo el escuincle lombriciento. Y yo ya sé que no es un gran amigo, siempre que puede me saca provecho. Pero es igual de puerco que yo, no como Javis y Efra que un día traen las fotos de encueradas y al siguiente corren a confesarse.

No le digo "Enriquito", sino Enrique. Pero Alicia lo llama siempre así, y yo la sigo cuando hablamos de él. Me da pena que me oiga llamarlo *Enrique*, como si ya con eso le estuviera contando que no somos tan niños como ella piensa. Nos ha de imaginar jugando al burro castigado o hablando de películas de Disney. Tampoco le digo "Efra" a Efraín, ni "Javis" a Javier. Antes me sentía mal por saber tantas cosas que en mi casa jamás me enseñarían, como las palabrotas y los enchufes; ahora ya me conformo con que nadie se entere, y Alicia y Xavier menos.

No me importa que crean que soy también como Hugo, Paco y Luis, o todavía más, que sigo siendo el niño del retrato. Peinadito, inocente, incapaz de mirarle los calzones a nadie. Si Alicia conociera al Enrique, Javier y Efraín que yo conozco, sabría que a mí también me gustan las revistas de encueradas, y encima hablo como carretonero. A la pobre Celita se le paran los pelos cada vez que alguien suelta un *pinche* o un *pendejo*. "Vámonos, niño", dice, "antes de que esta gente nos ponga verdes a puras leperadas de carretonero."

Tengo una bicicleta como la de "Enriquito". Es enorme, parece de panadero. No puedo andar en ella, vivimos entre puras calles empedradas. Balbuena, en cambio, ya tiene una moto. Se la dieron el día de su cumpleaños, vino a mi casa manejándola y me encontró jugando con el tramposo. Cuando se fue, ya ni jugar quisimos. Habíamos ido y venido con él hasta su casa, que está a más de diez cuadras, y luego nos dejó que la manejáramos. Jala a cuarenta kilómetros por hora, los ojos lloran con el puro viento. Por eso ya sólo tenemos tiempo para hablar de la moto de Balbuena. Y yo no digo nada del tema de las niñas, pero según Balbuena todas quieren subirse.

Me imagino con una moto como ésa, cruzando la ciudad para ir a ver a P. Tal vez en año nuevo, con algo de suerte, vayamos de visita a su casa. Necesito fijarme por dónde queda. Dice Xavier que nunca va a comprarme una moto, pero en un descuidito Alicia lo convence. Si pudiera, me sacaría diez en conducta.

18.

Ya no estoy tan chiquito, soy más alto que algunas amigas de Alicia. Casi el uno setenta sin zapatos, pero es que hoy me he sentido una porquería. Un niño de primaria, de tercero o de cuarto, no alguien que en pocos meses va a estar en secundaria. Según Miss S, somos casi adolescentes, pero lo que hoy pasó al salir del colegio me dejó como un niño de babero y tirantes. Lo pienso y se me sube el calor a la cara, pude hacer tantas cosas y no supe hacer nada.

Venía distraído, saliendo de la escuela con el tal Enriquito. Su mamá nos recoge a dos cuadras, en el colegio de sus hermanas. Siempre va él adelante, como si también fuera una competencia, y yo tranquilamente me voy quedando atrás. Cuando escuché mi nombre venía solo, a media cuadra de él. Diría que vi entonces a una niña muy guapa, sólo que no era niña. Se veía tan grande que ni yo mismo la reconocí. Traía los labios y los ojos pintados, la falda le quedaba demasiado corta, sus piernas eran todavía mejores que las de Miss S... "¿No te acuerdas de mí? ¡Soy P!"

Sólo le dije "hola", si es que me oyó. No podía ni hablar, se me estaban doblando las rodillas, me ardía entera la cara, quería ver sus ojos pero tenía los míos clavados en el suelo. Estaba con algunas de sus amigas, sentadas en los escalones de una casa. Parecían mujeres, ya no niñas, yo casi les hablaba de usted. Casi, porque seguía calladito, y si algo les decía ni cuenta me daba. No sé si fue un minuto, o dos, o medio. Fue como estar adentro de una película, el niño menso con su bolsa de palomitas de maíz en mitad de una historia que le queda grande.

Todo te queda grande a los doce años, empezando por las historias de amor. Como que no ha crecido uno lo suficiente para que los adultos lo pelen de verdad, sin esa sonrisita amabilísima que ponen cuando escuchan a un niño de doce años. La sonrisa de "¡Mira, ya aprendió a hablar!" Lo peor es que yo mismo no acabo de creerme que ya no soy un niño, y de eso de seguro que se dio cuenta P.

Nunca sé qué decir cuando tengo una niña frente a mí. Casi siempre me quedo callado, y los minutos pasan como si fueran días. Me da terror que vayan a carcajearse. Los hombres que se rían hasta que revienten, pero las niñas no, por favor no. Y les encanta, a veces. Aunque P es otra clase de niña, tanto que ni siquiera lo parece. Parecía salida de una telenovela, o hasta de una película. Por eso digo que yo no estaba invitado, por más que P siguiera sonriéndome allá, en Hollywood, donde lo más que un niño como yo podría lograr sería colarse hasta los camerinos y pedir un autógrafo.

¿De qué le voy a hablar yo a P? ¿De mis cientos de autógrafos? ¿Del último capítulo de *Los Picapiedra?* Pude haberme quedado diez minutos con ella, hasta que el Lombriciento viniera enloquecido a buscarme y jalarme y decirme que su mamá tenía prisa y yo ahí, platicando. Pero no me quedé. En cuanto se calló, que fue bien pronto, vi la esquina y al Lombriciento lejos, le hice a P algunos gestos que yo tampoco entendí, me despedí muy rápido y pegué la carrera. Yo, que a la hora de la salida vengo arrastrando la mochila y los pies. Con el solazo, aparte.

No corrí nada más por cobarde. Corrí porque ya no sabía qué decir y me daba pavor que me creyera un bruto. Corrí porque quería que pensara que se me hacía tarde, y era verdad. Corrí porque si me quedaba P podía darse cuenta de que en la escuela no soy el mismo que ella conoce, y todavía menos me iba a parecer al que yo sueño que ella un día conozca: uno que ya no es niño, anda en moto y salta en paracaídas.

Cuando llegué hasta el coche de la tía Ángela —según ella y Alicia yo soy primo de Enrique y sus hermanas— venía sudando no sólo de cansancio. Todavía sentía el corazón haciéndome bum-bum, la voz de P dentro de mi cabeza. "¿Te acuerdas de mí?" ¿Y si le hubiera dicho que ni una sola noche la he olvidado, que no puedo cantar, ni rezar, ni ver a una pareja que se besa sin acordarme de ella?

Como siempre, la tía Ángela nos trae volando en su volkswagen. La tía Ángela, sus hijos, su prima Nurita y yo. Pobre prima Nurita, es tan linda que las hermanas de Enrique se dedican a torturarla, ya un día la dejaron con el pelo corto. La tusaron porque era güerita. Ser Nurita y estar en esa casa debe de ser como tener a tres enriques haciendo trampas juntos, cada uno con edad y cara diferente.

Todos hablan y opinan, menos Nurita y yo. Ella porque es muy tímida, yo porque no le puedo soltar a nadie todo lo que me acaba de pasar. Ya me imagino las risas de todos si dijera que estoy enamorado. Por eso voy callado, como Nurita que ya sabe que es linda y al final eso nadie puede quitárselo. A P tampoco van a lograr quitármela, pero sólo si sé guardar el secreto.

A la tía Ángela le encanta venirse peleando en el camino, y eso siempre hace el viaje divertido. "¡Pero muévete, bestia!", le grita al de adelante, sube el vidrio, termina de pelear con unas cuantas señas y se va sobre el próximo. Sólo que ahora no me doy cuenta de nada, sigo viendo los ojos de P que creo que ni vi, pero miran tan fuerte que el corazón se sale y a lo mejor por eso pegué la carrera.

No quería que el ruido de mi corazón acabara de echarlo todo a perder. Corrí para llevarme a ese gritón de ahí, y hasta para esconderme de él porque se mete mucho en lo que no le importa. Si no fuera por esos pálpitos que me dejan ahí tieso, rojo, temblando, podría parecerme más al paracaidista de las motos, pero así me parezco al niño del retrato. Soy el iluso de la cara triste.

Cuando por fin llegamos y me bajo del coche, les invento que tengo dolor de cabeza y la tía Ángela me acuesta en una cama. Me da dos pastillitas, las escupo cuando por fin se va. Con suerte van a dejarme aquí hasta que acaben todos de comer. Ya no me está latiendo tanto el corazón, pero igual me preocupa no saber si metí la pata. O sea que ya sé que la metí, pero no sé hasta dónde. No importa, pienso, el chiste es que la

vi. En los meses que quedan de primaria todavía podemos volver a encontrarnos, aunque yo tenga cara de niño y ella parezca miss en vez de alumna.

Prometo no correr, si esto vuelve a pasar. Tiene que haber un modo de controlar los méndigos latidos. El temblor de las manos, el rojo en las mejillas, el sudor que seguro se me nota, la falta de palabras, la preocupación. Sin eso, le diría que me acuerdo mucho de los días que pasamos en Cuernavaca, sólo uno cada vez pero siempre larguísimo. Le diría que no olvidé ninguno de los chistes que contaba en la carretera, se los repetiría palabra por palabra.

La tía Ángela se asoma y me pregunta si quiero por lo menos algo de consomé, pero le digo que tengo náuseas. De aquí hasta que termine la hora de la comida, necesito que crean que estoy muy enfermo, aunque ninguno pueda saber de qué. Yo me siento tan grave que sólo aquí solito voy a poder curarme, como los animales de la selva. Lo único que quiero es cerrar los ojos y seguir escuchando la voz de P. *¿Te acuerdas de mí?*

Estoy soñando, pero no durmiendo. Escucho a los hermanos y a Nurita subir las escaleras, casi podría decir quién es quién. Se asoman y me llaman, no contesto. Una de ellas comenta muy quedito: "Qué se me hace que está enamorado". No me muevo, apenas si respiro, pero siento que se me sube el calor. Algo tienen las niñas que ven lo que hay adentro de los hombres. Debo de estar rojísimo, si se acercan y miran me van a descubrir. Aunque igual pensarán que tengo calentura. En eso, la tía Ángela regresa y me insiste en que coma, pero lo que yo necesito no es comida, ni cama, ni aspirinas. Necesito la dirección de P y una moto como la de Balbuena.

19.

Me gustaría tener una medalla, pero en las competencias de natación quedo siempre en el cuarto lugar. Enrique tiene varias, guardadas en el clóset de su mamá. Efraín también tiene, y Roberto, y Javier, y yo nada. No todas se las dieron en competencias, Javier tiene una de puntualidad. ¿Por qué no se las ponen, si las ganaron? ¿No sirven para nada, las medallas? Por lo pronto, ya a Enrique le sirvieron para tener moto.

Se la compraron cuando cumplió doce años, desde entonces pasamos las tardes en ella. Y lo mejor no es eso, sino saber que viene mi cumpleaños. Según Xavier nos vamos a cambiar de casa, pero Alicia no está muy de acuerdo. Le pregunto si vamos a irnos a otra colonia de calles empedradas, él se ríe y me dice que no. "Para que no te caigas de la moto..."

Lo único que de verdad odio de Alicia y Xavier es que peleen. Gritan, se mandan veinte veces al Diablo, y sale peor si trato de calmarlos. Ni siquiera se esperan a que yo no esté, y en los días que siguen la casa entera parece panteón, más todavía sábado y domingo. El sábado me lleva Alicia a la feria, el domingo voy con Xavier al cine. La paso bien con ellos por separado, es como si estuvieran compitiendo para caerme bien, pero luego hay que regresar a la casa, donde sigue el velorio porque una y otro me hablan poco y quedito, sólo cuando les consta que el enemigo no alcanza a oír.

Alicia dice que ni muerta va a mudarse a esa casa, que son cinco recámaras y dos jardines y está lejísimos. "Vete con tu papá, que te compre tu moto", me dice como queriendo llorar, y el que quiere llorar soy yo. Una cosa sí sé, que cuando se contenten, si es que no se divorcian, la moto va a llegar sin tener que pedirla.

Me da pena pedir que me regalen cosas. El juego con Alicia, Xavier y Celita es decirles nomás lo que me gusta y dejar que ellos me lo den, si quieren. Así es como consigo las cosas que quisiera tener. Según Xavier, estoy muy consentido por Alicia y Celita, pero según Alicia le saco todo lo que quiero a Xavier. Yo no tengo la culpa de que anden compitiendo.

20.

Xavier quiere que venga un pintor y me retrate. Otro cuadro, pero sería con Tazi. No me gusta la idea. Tendría que posar por más de dos meses, perderme parte de las vacaciones para que mis papás tengan su cuadro, yo para qué lo quiero. A mi mamá también le hace ilusión, ya empezaron a hablarse y van a convencerme fácilmente, porque me prometieron que antes de eso voy a tener la moto. Se trata de posar dos horas diarias, luego ya puedo ir a buscar a Balbuena. Le pregunté a Xavier cuánto le va a cobrar el pintor por mi cuadro y me dejó pasmado. Según mis cuentas, eso equivale a más de quince motos. Podría comprar otro coche, también, pero Alicia igual trae un nuevo carro donde ya no me deja poner calcomanías.

Cuando habla con Alicia, la mamá de Efra y Javis le dice que me están haciendo un niño bien, pero lo que yo creo es que le choca que por fin a Xavier le vaya bien. No tan bien, eso sí, sólo lo suficiente para que sus amigos lo traten de otra forma. Con la moto tendría que pasarme lo mismo, que me inviten a todos los cumpleaños porque de un día al otro me vean distinto, igual que cuando salte del avión se me va a terminar de quitar lo cobarde. Necesito esa moto para salir huyendo de mi edad, aborrezco ser niño y que me llamen niño y que en la escuela me hablen por mi apellido. En mis mejores sueños no solamente traigo el pelo largo, también llevo chamarra negra de cuero (con una calavera atrás), juego al póker y tomo cerveza a diario.

El maestro de español tiene una gran ventaja: nunca deja tarea. Se llama L y nos hace reír todos los días. Gracias a él y a Miss S, la escuela se ha ido haciendo divertida. La semana pasada, el profesor L me hizo pasar al frente con una de mis historias. No es la primera vez que me pone a leerlas frente a todos, pero no les había leído una completa. Se llama *El caballero medieval*, acaba con el héroe atrapado en un castillo en llamas.

Han aplaudido casi todos, empezando por el profesor L, que estaba muy contento porque dice que al fin termino una. Mi único problema sigue siendo el prefecto, que me trae corto. "Usted no sabe cómo es su hijo, señora", se raja con Alicia, y ya los tres sabemos que después de eso va a caerme el chahuistle, como dice Xavier. Lo peor es que si Alicia está enojada no puedo negociar nada con ella. Si ese día me lleva con el peluquero, ya estuvo que me va a dejar como soldado. El único consuelo de la peluquería es que ahí puedo leer los cuentos que Alicia me prohíbe. Agarro dos cuentitos de Walt Disney, adentro pongo *La familia Burrón*, el *Hermelinda Linda*, *Los chamuscados* o *El tío Porfirio*. A Alicia se le caen los ojos si me cacha leyendo esas cosas.

Hace tiempo que Salustia y Ana María ya no están, pero igual me hago amigo de las que llegan. Son ellas quienes me acompañan a los programas de televisión. Me paso las semanas suplicándole a Alicia que me ayude a pedir unos pases. Cuando los conseguimos, me lleva con alguna de las muchachas. Nos deja ahí por horas, sentaditos mirando a los cantantes. Cuando uno va a acabar, me deslizo a la orilla del escenario, con la libreta de autógrafos en la mano.

De pronto me convierto en la pesadilla de los camarógrafos, que no paran de estarme regañando. "Quítate de ahí, niño, que te vas a meter a cuadro." Ya saben que eso quiero, en cuanto se descuiden voy a salir de nuevo en la tele. Lo mismo que en el tenis, cuando acaba el partido y me salto a la cancha y me les voy pegando a los tenistas. Lo mejor es cuando la cámara los toma mientras te están firmando la libreta, porque así hay una prueba de que el autógrafo es auténtico. Levanto mi libreta para que también salga en la tele: nadie tiene una igual.

Las libretas de autógrafos son algo parecido a un libro de aventuras. Cada firma tiene su propia historia. Algunas las consigues fácil, y luego ya no sabes cuál era de quién, pero otras hay que corretearlas, y hasta planearlas. No es lo mismo agarrar a los cantantes a la salida del programa que tener que esconderte atrás del camerino, debajo de una mesa. Los partidos de tenis y los programas de televisión están llenos de extrañas aventuras, sobre todo para los cazadores de autógrafos. A veces hasta llevo mis discos, que luego ya firmados valen mucho más.

Nadie sabe el trabajo que da conseguir tantas firmas, los cuentos que tiene uno que inventar para engañar a los empleados de seguridad y hacerse amigo de las edecanes. ¿Cómo voy a escribir cosas interesantes, si a mí no me sucede ninguna? Cada vez que consigo colarme sin pagar a un partido de Copa Davis, siento que estoy entrando en la leyenda de puro contrabando.

Todavía no olvido la primera novela que leí: *Aventuras del Comandante Jack*. Trataba de un ladrón al que todos llamaban *Comandante*. Cuando la terminé me pregunté si alguna vez me pasará la cantidad de cosas raras necesarias para poder contar una historia como ésa. Aventuras y más aventuras, y de repente pienso que en mi vida sólo ha habido problemas y más problemas.

Yo soy siempre el problema, eso lo saben todos en el salón. Cuando salimos juntos camino a casa de alguien, soy el que tira piedras a las ventanas y salta de los trolebuses andando, aunque se caiga y ruede por el cemento. Juego a ser el suicida inmortal, y al cabo siempre soy el que tiene la culpa de que los vigilantes nos persigan y nos saquen de cada tienda con el brazo torcido. Un día de éstos me gustaría probar que yo sí soy capaz de cualquier cosa.

21.

Ya está, sólo me falta el paracaídas. Tengo una moto que es toda aventura. Me la dieron en navidad, desde el día 25 salgo diario a la calle y voy adonde quiero. No a la casa de P, todavía, porque para eso tengo que saber dónde vive, y además atreverme a tocarle la puerta. No sabría qué decirle, me quedaría más tieso que nunca. ¿Y si saliera su mamá y me saludara? Ayer oí decir a Xavier que sus papás se van a divorciar. P debe estar tristísima, puede que hasta me necesite. Pero no vamos a ir a visitarlos, cómo si están peleados.

¿Con cuál de sus papás va a irse P? Hay demasiadas cosas impreguntables, me desespera seguir sin saberlas. Si se queda a vivir con su mamá, podría verla sin que Alicia y Xavier lo supieran. Y ése es otro problema, no puedo asegurarme que no van a enterarse, y según ellos odio a las niñas. En fin, hay que esperar. Por ahora no urge más que la gasolina, todo cambió desde que está la moto en el garage.

Lo mejor es ir solo y cantando, igual que en las películas. El ruido del motor no deja que me escuchen. Además está el viento, que es delicioso. Los domingos, cuando vamos a misa, Xavier y Alicia vienen detrás de mí, yo les digo que voy a escoltarlos. Luego me dejan ir a dar mis vueltas y me pongo otra vez a cantar, es como si la moto fuera un grupo de rock que toca junto a mí, y yo los controlara con sólo acelerar. *Vrooom, vroom, baby.*

Si P pudiera verme, mi vida sería otra. Cada vez que lo pienso me quedo imaginándolo por horas, le digo cosas y contesto por ella. Es como si estuviera escribiéndolo, pero sin dejar huella. P nunca va a poder imaginarse la cantidad de películas en las que la he metido. Pensaría que soy un pobre cursi. Roman

Polanski decía en la entrevista que ser cursi es muy fácil, pero qué va uno a hacer, si lo difícil nunca acaba de salir.

Me da mucha vergüenza pensarlo de este modo, pero lo único de veras difícil es conseguir que P se case conmigo. Aunque puede que lo realmente complicado sea tener que esperar tantos años para eso. Seis todavía, otra primaria entera para cumplir dieciocho. A veces la niñez me parece una cámara de tortura disfrazada de sala de espera. "¿Cuándo voy a salir?", le pregunto al verdugo, y él responde lo mismo que Alicia y Xavier: "Cuando seas grande…"

Es ridículo un niño que habla de casarse. Ni modo que me pongan un sombrero de copa y me enseñen a fumar puro. Hace poco escuché que Xavier hablaba con Alicia sobre mí, o en fin, sobre el tema que más me puede interesar. Resulta que Xavier fue a la oficina del papá de P y se la encontró allí. Ella le dijo que me había visto un día a la salida de la escuela. "Se puso rojo y se fue corriendo con sus amigos", le contó ella, y yo sentí de nuevo la cara caliente, hasta que en eso Xavier se detuvo y le preguntó a Alicia: "¿Te acuerdas que a P siempre le ha gustado tu hijo?" ¿O sea yo? ¡Que *yo* le gusto a *ella*! Me quedé, ahora sí, perfectamente tieso. Antes de despedirse, Xavier le dijo a P: "¿Qué tal si vamos arreglando una boda?", y ella se rio y se puso colorada. *Ella.*

Nunca antes había puesto tanto cuidado en que no se escucharan mis brincos en la cama. ¿Será que P ya me ha metido en una de sus películas, y yo sigo esperando a que salga a la calle y me dé su autógrafo? Por ahora, me siento con derecho a imaginarme llegando a nuestra boda en paracaídas, y saliendo los dos en una moto rumbo a quién sabe cuántas aventuras.

Si estoy en una sola de sus películas, entonces puedo hacer que esté en todas las mías. Pero ni así me atrevo a ir a buscarla, Xavier me quitaría la moto para siempre si sabe que me fui lejos con ella. La verdad, ya no sé si dormirme feliz por lo que oí, o quedarme despierto y desesperado. Esa es otra palabra que hace reír a los adultos cuando la suelta un niño. Para desesperarse bien, hay que ser grande.

Me desespero todas las mañanas. El primer día que vino, recibí al pintor con huaraches de suela de llanta y pantalón de terciopelo verde con naranja, pero no conseguí impresionarlo. Dijo que me iba a *inmortalizar*, y desde ya me pude imaginar que no querría inmortalizar unos pantalones como esos. No nos caemos muy bien, pero los dos tenemos que hacer lo que tenemos que hacer, y para mí es un asco. Dos horas enteritas en la cama, sentado descansando sobre el brazo derecho. Se me entumen la mano y el codo, me duele la muñeca, se me duermen las piernas, me tuerzo del cuello, y él apenas si avanza cada día, siempre con la estación de radio más aburrida que pudo encontrarse.

Cuando termine de pintarme, va a seguirse con Tazi, sólo que a él ni modo de obligarlo a posar. A ver, de qué me va a servir tener moto y chamarra negra, si en mi casa hay un óleo donde salgo vestido de niño de mamá. Y ahí es donde el pintor y yo chocamos. Se llama Enrique, aparte. Por más que intento convencerlo de que no soy yo el niño que está pintando, él insiste en seguir contando mentiras. Viene a diario a mi casa, se mete en mi recámara y parece que no ve las paredes cubiertas de pósters. Claro que abajo están los juguetes, y así ni modo que el pintor entienda que ya no soy el moco que parezco. Tanto trabajo para inmortalizar a un moco.

22.

Los sábados me quedo solo en la casa. *Completamente solo.* Xavier y Alicia pujan para que vaya con ellos al cine, pero dudo que exista una mejor película que tener enterita la casa para mí. Subo, bajo, derrapo, salto sobre las camas, pongo la música a todo meter y no hay quien diga nada. Pero lo regio viene cuando me toca preparar la pócima. Es fácil, sólo exprimo quince o veinte limones dentro de un vaso grande, después vacío medio salero adentro, mezclo por dos minutos con una cuchara y me lo bebo todo de un jalón.

Es una bomba, la pócima. Me retuerzo completo, sudo, se me enchina la carne, me lloran los ojos, siento un escalofrío que me sube a los pelos. Es como devorarme veinticinco chamois de un solo golpe. Nunca me lo han prohibido (nadie sabe que lo hago), pero Xavier se enoja si ve que salo mucho la comida. No sé qué me diría si supiera que el sábado devoro una montaña de sal, directo a la garganta.

Para echarme el chamois levanto la cabeza, abro bien la bocota y me vacío el sobre en la campanilla, para que el polvo me haga sacudir. Otros chupan las bolsas, pero eso hacía Raúl y no quiero morirme. Por eso digo que tampoco soy tan desobediente, lo que no puedo hacer es convertirme en el niño tarado de la nueva pintura. El que Alicia y Xavier quieren seguir mirando, para eso tienen al pintor en la casa. Pero a la casa no llevo chamois. Salgo a pasear con Tazi, compro unos sobrecitos y me los acabo. De pronto los escondo en la mochila y los guardo para la mañana siguiente. Ya en el recreo puedo comprar más, eso fue exactamente lo que hice el miércoles pasado. Nunca van a acabar de agradecérmelo…

Regresé del recreo cargado de chamois. Traía también sobres de *salim* y *chilim,* con tan buena fortuna que ese día Miss S llegó

145

con la faldita que tanto nos encanta. ¡Tenía kilos de basura para ir a tirar! Sólo había que esperar a que Miss S se acomodara en la silla y cruzara la pierna. Detrás de mí, Balbuena y Garza cantaban muy quedito la canción del programa de Porky Pig: *Ya-lle-gó-la-di-ver-sión…* Sólo que nadie nos imaginábamos el calibre del show que se acercaba. ¿Y todo por un sobre de chamois? No. Todo por esas piernas que somos tan felices observando, y por Miss S que dizque no se entera.

Era ya la tercera vez que me paraba. Miss S estaba hablando de *grammar* o de *spelling*, pero igual era *science* o *geography* porque yo no pensaba más que en lo que iba a ver en cuanto me acercara al basurero. Cuando dejé caer el sobre vacío, sentí sus ojos encima de mí. Apenas había visto un segundito de pierna, y a Garza tuvo que ganarle la risa…

—¿Se imaginan el daño que a su edad les hacen esas cosas? —la pregunta era horrible, pero Miss S no parecía enojada.

—¿Qué cosas, Miss? —un solo comentario del gracioso de Garza y ya todos se estaban carcajeando, sólo porque Miss S me agarró viéndole las piernotas.

—Esas porquerías de polvitos que se pasan comiendo dentro y fuera de clase —¿de verdad no se había dado cuenta? ¿Me estaba regañando por el puro chamois? Tampoco parecía que estuviera con ganas de enviarme a la oficina del prefecto. Estaba en plan, más bien, de dar consejos.

No sé cómo pasó del tema del estómago y las úlceras al de los embarazos. Según ella, el chamois puede hacerle daño al feto. Yo ya le iba a aclarar que afortunadamente ninguno de nosotros está embarazado, cuando ella se dio cuenta que algunos no sabían lo que era un feto, y quienes ya sabíamos queríamos igual oír la explicación.

—¿Por dónde sale el feto, Miss? —nunca será lo mismo que te cuente esas cosas tu mamá, a que venga una chica en minifalda y te explique para qué sirven las vaginas. Cuando menos pensamos, había un nuevo record de silencio en el salón. Si alguien hacía un ruido, los demás lo callábamos a punta de zapes. Hasta al que estornudaba le sacudíamos el coco a manotazos.

23.

Al principio, Miss S nos hablaba de partos. Que era ya un tema muy interesante, pero nosotros queríamos más. Mientras ella explicaba, los papelitos iban y venían sin que se diera cuenta. Escribíamos en ellos las preguntas que no nos atrevíamos a hacer. "¿De qué tamaño es el órgano sexual femenino, Miss?" Ya lo habíamos visto en las revistas, pero queríamos que ella lo describiera. Creo que fue Aguilar, que era el que se portaba como su novio, quien por fin preguntó cómo es que llega el feto a la matriz. Y por supuesto yo esperaba que Miss S tuviera alguna explicación más divertida que la de Alicia.

Todos hablamos de eso, pero ninguno sabe dónde empieza la fantasía. Cada uno le añade lo que se le ocurre, es como si estuviéramos hablando de vudú. Y ni eso, porque al menos yo sé algo de Charles Manson, y algo del Hombre-Lobo, que a estas alturas sigue luciéndose en mis pesadillas. Y esto era exactamente lo contrario de eso. Esto era de verdad, tanto como la falda corta de Miss S y sus ojos brillando —primero con vergüenza, luego con centellitas de complicidad— y esas piernas que a ratos la hacían caminar sólo para dejarnos todavía más mudos, porque por fin sus labios se movían juntos para soltar las dos palabras mágicas que abrirían las puertas del castillo encantado: *relaciones sexuales*.

—¿Y eso cómo a qué sabe, Miss? —contraatacó De Anda, que es el más aventado con los chistes. Pero Miss S apenas nos dejó reír. En lugar de poner pinto a De Anda, estaba lista para despepitarlo todo. De pe a pa, como le gusta decir a Alicia. De pi a pu, como diría De Anda. Gracias a él ya estábamos en pi, e íbamos para pu que volábamos. Miss S decía "órgano sexual masculino", y De Anda la seguía en voz bajita. "El pito, Miss, para servirle a usted." Y la miss: "No se rían, que es algo muy hermoso." Y nosotros: "Cuéntenos, Miss, ¿por qué cree que es hermoso?"

Fueron tres días, del miércoles al viernes. Seis horas en total dedicadas al tema favorito. El jueves, ya sin nuestra querida minifalda, Miss S tomó el gis y escribió la palabra *orgasmo*. "Es el gozo del hombre", explicó, agarró el borrador y desapareció perfectamente cada letra. Debería decir *prefectamente*. Mientras borraba, parecía que Miss S estuviera rezando. Pero algunos la oímos: "No vaya a ser que se aparezca…" Por una vez, si el prefecto o Miss Carol caían al salón le iba a ir peor a Miss S que a nosotros. Todo por cometer el espantoso crimen de darnos las mejores clases de la primaria entera.

"S de Aguilar", la llamaba en secreto uno, "S de Arriaga" el otro. Cuando llegamos a la tarde del viernes no había uno que no hablara de S como su esposa. Como que el "Miss" ya iba empezando a sobrar. Antes de la tercera sesión de sexo, De Anda ya le había cambiado el nombre por "mi vida", nada más por el gusto de ponernos celosos. O por caliente, pues.

En los otros salones compiten por medallas, aquí sólo interesan los torneos donde el primer lugar se lleva a S a su casa, con todo y piernas. Nada es tan delicioso como llamarla así, S, y saber que una chica como ésa es tu cómplice. ¿De qué? Según Garza, de relaciones sexuales. Yo digo que de orgasmos. (Anoté la palabra al final del cuaderno. Por fortuna, sigo teniendo una letra horrible.)

Nadie se iba a atrever a hacerle las preguntas divertidas. "Oiga, Miss, ¿y usted ya tiene relaciones sexuales?" "¿Cómo es una eyaculación, Miss?" Con trabajos alguno le preguntó cuánto duraba todo el numerito. ¿Diez o quince minutos? ¿Y para eso tanto misterio? Para entonces, ya se notaba cuánto le divertía a Miss S irnos dejando a todos sin duditas, hasta hacer que cada uno en su cabeza la dejara sin medias.

"¡Mucha ropa!", decían los recados que mandaba De Anda. "¡Mamacita!", los de Valverde. "¡Más respeto para mi vieja!", los míos. A las dos de la tarde del viernes, cualquiera de nosotros habría firmado una petición para que sábado y domingo tuviéramos también clase de inglés.

148

24.

Hoy lunes, S se ha transformado de regreso en Miss S. Se acabó el sexo, sólo ha tocado el tema para recordarnos lo que nos pidió el viernes: ni una palabra de eso en nuestras casas, ni en clase de español, ni en ningún lado. No es un secreto fácil de guardar, pero creo que cada quién lo intenta porque es su forma de probarle a Miss S que es digno de confianza.

Nadie más aquí dentro nos había tratado como adultos; ya ni el profesor L, que es tan simpático. Porque el profesor L nunca tendrá las piernas de Miss S, pero al final es cierto que entre los dos se las han arreglado para hacer del colegio algo así como un club. Por si eso fuera poco, afuera está una casa que es mía cada sábado y una moto con la que sólo voy adonde quiero. Como ahora decimos en el salón, ya nada más me faltan las relaciones sexuales.

Pero el pintor insiste en aniñarme, y yo me desaniño cada lunes que vamos al dentista. Veo de lejos las revistas de encueradas y pienso que ya sé para qué sirven. Hace unos días, el profesor L me mandó a rescatar un balón que aventé por la ventana. Apenas se enteró de dónde venía, la miss de abajo se puso a regañarme. Dice que ya está harta de nuestros avioncitos llenos de groserías, que somos unos majaderos, que tendría que habernos acusado con Miss Carol. Yo le decía "No, Miss, yo no sé nada de eso", pero seguro se me transparentaba la culpa.

De repente, en la escuela ya no nos regañan por maldades de niños. "Si así son a esta edad, cómo serán a los veintiún años...", se pregunta Miss S cada vez que nos cacha una *Playboy* y tiene que romperla. Y yo sigo poniendo la carita de bueno, pero alguien dentro ruega que no me crean. Alguien que cuando vamos a la playa lucha contra las olas, cava en la arena agujeros de su tamaño y salta entre las camas del hotel, jurándose que cumple con los entrenamientos de paracaidismo.

Le suplico a Xavier que me deje volar colgado de uno de esos paracaídas de colores que van flotando lejos, más alto que el más alto de los hoteles, atados a una lancha, pero él me dice que no tengo la edad, y ni siquiera el peso para una cosa así. En realidad, sólo estoy casi listo para acabar la primaria; en todo lo demás hay que esperar.

"Enriquito" se va a ir de la ciudad con su familia. A "Efra" y "Javis" los veo cada vez menos. Sobre todo desde que nos cambiamos de casa. Según Alicia, vivimos ahora a veinte kilómetros de ellos. Las calles son muy anchas y ninguna empedrada. Hay decenas de niños jugando hasta la noche. Algunos van atrás, al campo, y de repente vuelven con elotes robados. Otros van en familia al club de golf. Ya hice algunos amigos, pero no siempre salgo: Alicia está empeñada en quitarme la mala ortografía, ya que no pudo con la mala letra. Como dice Celita que dijo Cantinflas, sigo escribiendo cajón con *g*. Cuando llegue el pintor con el cuadro acabado, o cuando al fin lo enmarquen y lo cuelguen sobre la nueva sala, voy a ser muy distinto al niño que esté ahí. O eso es lo que yo quiero, cuando menos.

Algo me dice que el niño de la pintura no va a sobrevivir en la nueva colonia, y tampoco en el nuevo colegio. Porque ahora va a haber nueva y vieja pintura, y yo no he visto que a otros niños los anden pintando. Van a reírse de mí los vecinitos. Pensarán que soy justo el que no quiero que sepan que soy. Podrán ver hacia adentro y para atrás, descubrirán que tengo más miedo a los toboganes que verdaderas ganas de ser paracaidista, y yo seguiré sin saber dónde diablos está la casa de P (ahora peor porque ya vivimos en Tlalpan, todo queda muy lejos).

Han cambiado también las cosas de tamaño. Mi ropa, mi recámara, mi casa, todo es más grande ahora, y eso al final me gusta porque también me sirve para enterrar todo lo que pasó antes. A veces, cuando juego solo en el comedor, me topo con el cuadro de ese niño que no me da la gana recordar que fui. Lo veo y él me mira siempre hondo, como si algo debiera congelarnos de miedo. Como si desde ahí pudiera ver todo lo que venía.

Es posible que Alicia y Xavier no se hayan dado cuenta, pero el de la pintura vieja es un niño desesperado. Necesita salvarse y no imagina de qué. Quiere salir de ahí, no sabe cómo. No lo sabe porque es un largo laberinto y él sólo se ha perdido en la tienda más grande del mundo. Tiene un chango muy grande que se llama Molkas, y un Santa Claus nacido en Nueva York, y el oso Pipo, y el payaso Pirrín, y el oso Beto, y el payaso Firuláis. Tiene todo, a excepción de una historia que se atreva a contar y un juego que le ayude a hacerlo bien. Eso es lo que he ganado, desde entonces: juego a contar historias y tengo una guardada bajo llave. Lástima que jamás vaya a contarla (sin que nadie me vea, beso la cruz).

IV. El salto

Eu não tenho medo, eu não tenho tempo,
eu não sei voar.

ZECA BALEIRO, *NÃO TENHO TEMPO.*

1.

"Juro que nunca haría lo que acabo de hacer", eso es lo que parece que recién escribí, años y años después del despropósito. Pero entonces pensaba que así sería. Cualquiera menos yo se habría interesado en desenterrar a los monstruos que con tantos trabajos sepulté. Y con tantos defectos, pues la verdad es que seguía llamándolos, acaso porque aún no entendía cómo era que esos monstruos habían conseguido meterse hasta mi vida.

Tenía que entenderlo, ya me temía que seguir en ascuas era arriesgarme a que volviera a pasar. *A pasarme*. Por eso nunca pude acabar de enterrar el recuerdo preciso de ciertos días, y porque más adentro, quizás en esa misma catacumba donde escondía el hambre de narrar, tenía la certeza más o menos etérea de que antes o después intentaría contarlo todo por escrito. Albergaba también la creencia —oportunista y hasta supersticiosa— de que no era, no podía ser casual que luego de vivir dos años de terror le encontrara la gracia al juego de contar las cosas con papel y tinta.

En las telenovelas, todos los personajes tormentosos sobrevivían a algún pasado terrible, que apenas los villanos tenían interés en recobrar. Me recuerdo pensando: "Yo también tengo un pasado terrible". Deseaba, pues, narrarlo, con la misma vehemencia que me impuse la obligación de darle sepultura. Si fuera un personaje, ahora mismo diría: "Siempre supe que iba a acabar contándolo".

Uno puede decir "siempre ignoré", pero no "siempre supe". Porque uno duda incluso de lo que mejor sabe. No sé si sé por fin la razón de todo esto, pero ya entiendo que quizás la única forma de averiguarlo sea así, relatándolo. Es decir, deformando fatalmente la historia, como el niño curioso que desarma los

155

radios y los deja inservibles. Pero no hay otra forma de contar las cosas, y eso nos lleva a veces a intentarlo de nuevo (y de nuevo, y de nuevo, hasta que conseguimos armar de vuelta el radio, aunque nos sobren piezas).

Contar historias —y peor, la propia historia— entraña hacer pedazos lo que estaba entero y armarlo ya no con la idea de que alguna vez vuelva a funcionar, sino de cuando menos llegar a comprenderlo. Poder decir: "Este botón conectaba esos tres circuitos en serie", o como quiera que se expliquen los misterios profundos de los radios.

En uno de los tantos intentos de relatar mi historia por la discreta vía de la ficción, encontré entre recuerdos vaporosos la imagen nítida de un niño recostado en la cama, con el radio prendido debajo de la almohada. No sé qué sucedió antes ni después de eso, ni qué día, mes o año corría. ¿Iría en primero, segundo, tercero de primaria? Me faltaban ya demasiadas piezas para volver a armar siquiera una porción del episodio, por eso me quedé con la imagen del niño y el radio, esperando que fuera suficiente para invocar a los fantasmas precisos.

¿Quería de verdad contar la historia, o intentaba ocultarla detrás de un personaje distinto y distante? No era todo tan simple. Quién me iba a asegurar, además, que los ex inquilinos del hospicio temido no vivieron historias mucho más truculentas e intensas que la mía. Con el tiempo, no obstante, fui entendiendo que no era propiamente la historia lo que me interesaba, sino meterme al juego de contarla. Sabía ya, por cierto, que el que juega con fuego… a aullar se enseña.

2.

Escribir no es ganar, sino echar a perder. Es hacer como el niño que se interna en el bosque en busca de un tesoro y nunca más se vuelve a saber de él. Es saber que se va directo hacia el error, y aun así avanzar porque al cabo la meta es extraviarse. Escribiendo no iba a ganarle a nadie, pero nadie iba a verme perder contra mí mismo. ¿Aunque quién, sino uno, gana cuando compite con el espejo? Siempre que solo me ponía a jugar a cualquier cosa que de algún modo involucrase un marcador, me daba tantas oportunidades que al final terminaba ganando. Y perdiendo, porque no había nadie más, y en los juegos con marcador nadie gana si no hay de menos otro que pierda en consecuencia.

¿Tenía un marcador el juego de escribir? Seguramente, pues para persistir en un empeño como el de equivocarse por oficio es preciso vencer a un oponente tramposo, escurridizo y cobarde, comúnmente alojado entre memoria y conciencia. Habituado a rendirse sin pelear, el muy cretino alega que nadie lo comprende, y a eso atribuye toda su mala suerte.

En mi caso, tenía al enemigo bien localizado, y pensaba que sólo podría derrotarlo el día que me atreviera a saltar de un avión. Ya en el aire, a mil y tantos metros de la tierra, el cobardón *se me caería* solo, como las costras y los dientes de leche. Como un día el dentista tendría que quitarme los frenos, y el ortopedista las plantillas, y las niñas esa apestada timidez que en su presencia me dejaba engarrotado, insoportablemente.

Escribir es lanzarse a perder todo por nada, creyendo que no hay otra forma de ganar. Se pierden los amigos, las fiestas, los juegos de los otros. No es raro así que quien se mete en esto a edad temprana carezca de por sí de esas opciones. Se escribe, igual que se ama o que se vive, porque no queda más alternativa, ni se ve escapatoria tolerable. Cuando ha prendido el vicio —de vivir, de amar, de escribir— la abstinencia ocasiona una vergüenza íntima que es amiga entrañable de la culpa y prima hermana de la frustración.

Nada de eso está claro a los doce años, cuando el juego se para y se reanuda sin otro plan que el de perderse en el bosque, mientras los otros tienen que atender a sus vidas de niños que hasta para ir al baño piden permiso. Escribir es autorizarse a estirar las fronteras de lo sensato y disfrutar del aislamiento resultante. Sólo cuando terminen de tirarnos a locos podremos escribir en santa paz.

"Podremos", eso sí, huele a manada. Intento aquí pintar entre palabras a un niño que jugaba sin testigos a un juego que no admite la primera persona del plural. "Nosotros escribimos" se parece a "Nosotros pensamos": cada quién está haciendo algo distinto. Ni siquiera cuando la gente reza junta piensa en la misma cosa. Cierto, a la hora del dictado escribíamos todos idénticas palabras, pero ni así teníamos la misma intención. No era lo mismo si Charles Manson escribía "te voy a matar" a si lo hacía yo. ¿Quién me habría creído capaz de darle muerte a un ciempiés, cuando no soportaba que inyectaran a Tazi? Y ahí estaba el problema, por más que me empeñaba en contar cosas que me quitaran el sueño, no pasaban de parecerse a las pesadillas, que solamente espantan a quien las sueña.

¿Cómo se hace *posible* una pesadilla? A los ojos de un niño, la técnica puede llegar a ser tan simple como unas cuantas mentirijillas para el consumo estricto de mamá; o tan difícil como irle con esos mismos cuentos al prefecto, que es mucho menos crédulo que mamá. El problema no está en que el lector llore, sude o se carcajee, sino en que lea y crea.

Escribo aquí la historia de la historia y no me basta con narrar la verdad, necesito además que lo parezca, y ello implica elevar el monto de la apuesta. Si esa historia ha partido de un retrato, su desenlace luce menos nítido, y uno quiere que las historias tengan fin. Sólo que en ocasiones, cuando se supeditan a la propia experiencia, ciertos relatos tienen más de un final. Y si digo que "tienen", es porque creo que no vale la pena "ponérselos". Hay que encontrarlos o dejarse encontrar por ellos, puesto que cuando salgan a la luz uno querrá jurar que "siempre supo".

¿Quién me asegura que conté la historia tal como ella exigía que la narrara? He ahí la utilidad de llegar a un final; sin él, nunca saldría uno del bosque. Si pretendiera dar con el final perfecto, tendría que morirme en las últimas líneas, y entonces quedaría fatalmente inconcluso. ¿O es que podría acaso ser yo quien contara la forma en que morí? El relato perfecto, como el crimen perfecto, sólo puede existir dentro de la cabeza. Intentarlo es fallar, pero es allí, en las fallas, donde la historia da con su motivo. Por eso uno la busca entre las cicatrices, esperando que el nervio de la memoria la haga saltar, como al niño la aguja de la jeringa.

Sé que cuento la historia que tenía que contar porque no es ya la mía, como la del juego. De otra forma, este salto narrativo al que no he terminado de habituarme parecería un epílogo caprichoso. Pero el hecho es que estoy jugando el mismo juego, pues contra lo que los adultos esperan de los niños, crecer no me apartó de ciertos juguetes. Un cuaderno repleto de garrapatas negras y moscones de todos los tamaños (tacha uno los renglones, y hasta los párrafos) es el juguete más emocionante que he tenido de los nueve años para acá. *Sorry, Scalextric*. No pretendo contar la historia de mi vida, sino la del juguete que tantas veces ha venido a salvármela, y ahora mismo me libra de tripular la nada.

3.

No ha sido la escritura el único juego que sobrevivió a la edad en que nada parece cosa seria. O sería tal vez que la voracidad propia de un juego así tiende a abarcar el resto de los juegos, y a más de uno lo lleva de contrabando hasta la edad adulta. Supongo que eso fue lo que pasó con el paracaídas. Era como si no lograra sepultar la memoria del niño cobardón, y en tanto no tuviera derecho a escribir, menos aún publicar, antes de honrar el viejo compromiso de saltar de un avión.

Supe a los dieciséis que si quería saltar antes de los dieciocho requería la firma de mis padres. El día que se los dije, me miraron con preocupada extrañeza. *Cuándo vas a crecer.* Y ni modo, a esperar. Si nunca había vuelto al tobogán, tal vez porque tampoco me interesaba, no podía traicionar un solemne propósito del que a mis ojos dependían tantas cosas. En el liceo literario de mis sueños, quien deseaba ser escritor tenía que cumplir con la prueba de tirarse al vacío.

"Atreverse a la muerte", pensaba. Ya no con las imágenes heroicas de la niñez, sino con otras nuevas que de pronto ocuparon su lugar. Había visto al fin, una por una y con fruición creciente, esas películas de Roman Polanski que tanto impresionaron a Alicia. *Repulsión*, *El bebé de Rosemary*, *El inquilino*. Asumía que, hiciera lo que hiciera, no sobreviviría a más calamidades que el director polaco. ¿No era obvio que justamente por aquellos peligros y amarguras podía contar las cosas de modo semejante? ¿Qué salto, por osado que fuera, se comparaba con el de aquellos poetas que habían muerto carcomidos de sífilis por seguir un camino de sombras chocarreras?

Estaba enamorado, como siempre, y ello entrañaba un narcisismo terapéutico que me dejaba verme como el agente Bond excusándose ante Miss Moneypenny por llegar demasiado tarde a la reunión: "Me caí de un avión sin paracaídas". Carecía por supuesto de las elementales facultades para intentar lo que, según Xavier, no era más que un amago de suicidio, y bien sabía yo que ni siquiera el curso introductorio me libraría de amenazas tan fatídicas como mi proverbial torpeza locomotora, más la manía vieja de vivir con el coco en las nubes; situaciones harto comprometidas para quien se ha propuesto aterrizar entero.

El juego de escribir, finalmente, suponía también el triunfo impredecible del caballo más flaco. ¿Qué clase de novela iba a escribir, si aún llevaba a cuestas los bochornos infames del niño cobardón? Es probable que no lo fuera más, y acaso me pasara toda la adolescencia tratando de probarlo, siempre con éxito provisional porque la verdadera prueba era el paracaídas.

Uno puede decir que el vicio de escribir es como un bicho omnívoro cuya urgencia de vida se alimenta de realidades compulsivas, pero antes que eso es un bicho antropófago. Come de uno primero, luego de los demás, y después del orgullo de saberse insaciable. Cuando hago cita por teléfono con el Capitán M, soy un hombre de diecinueve años irrumpiendo en los sueños de un niño de diez. Si me atrevo a seguir, seré al fin uno de esos personajes que llegaban veloces a mis historias —a caballo, en Ferrari, dentro de un aeroplano— y me traían días jugando con mis reglas a no sabía qué. Y hoy tengo la impresión de que lo sé de sobra, tanto que hasta presumo que *siempre supe*.

4.

Se trata de jugar a la realidad; ganan los que consiguen sobrevivir. Igual que un videojuego, pero con una sola vida disponible. Ni una moneda más en el bolsillo. ¿Por qué mueren los héroes en los videojuegos? La mayoría cae mientras busca librar al universo de un villano hasta entonces invencible. Que es mi caso, por cierto. Necesito colgarme de un paracaídas para por fin matar al niño cobardón.

Le caeré por sorpresa, al muy mediocre. Si a pesar de mis límites reconocidos logro salvar entero el esqueleto, el resto de mi vida será un premio. Puro tiempo gratuito, la *bonus life* que entrega el aparato cuando uno le arrebata la princesa al dragón. Nadie que no sea yo lo va a creer, pero al cabo de eso se trata el juego. Uno lo tiene que creer primero, por eso ayuda tanto que el instructor sea nada menos que un capitán.

Guardo el secreto a medias, aunque de nada sirva compartir mis planes. Cuatro de mis amigos se sumaron, y a la hora de la primera cita estoy solo en la sala del Capitán M. Luego llegan dos más, a los que no conozco. Es una clase teórica, todavía sentimos más emoción que miedo.

Me he pasado quién sabe cuántas vacaciones jugando —en la playa, en la alberca, entre las camas— a los entrenamientos de paracaidismo, y ahora estoy aquí tomando clases sobre el comportamiento de los vientos y el uso del paracaídas de reserva. Tomo también apuntes minuciosos, pues ya entiendo que no hay *segunda vuelta*. Si no pongo atención en la manera ideal de resolver un *Mae West*, tal vez Xavier y Alicia reciban mi boleta de reprobado en la forma de un acta de defunción.

Ya sé que algo va a ir mal, estas cosas jamás acaban de funcionarme. Pongo atención, pregunto, soy el alumno que Xavier y Alicia siempre soñaron ver. Al fin de la tercera sesión teórica, estrechamos la mano del capitán M sabiendo que al hacerlo sellamos un pacto. Es viernes por la noche, se acerca la hora cero. Nos miramos con caras de *hasta entonces*: nadie tiene derecho a despedirse.

El camino al aeródromo de Tequesquitengo puede ser tan tortuoso como lo era guardar en la mochila una boleta constelada de ceros. Salir de la ciudad, parar en Tres Marías y devorarse dos quesadillas es también preguntarse si serán las últimas. "¿Se topará el forense con este bocado?", me pregunto en silencio, esperando que el chiste me permita tomar el miedo a la ligera. "No se pierde gran cosa", insisto, y recuerdo que estoy enamorado a solas. No tengo ni un prospecto de viuda prematura que anime mi velorio con sus sollozos. Una hora más tarde, aparece a la izquierda de la carretera una manga de viento que me escarba un boquete súbito en el estómago. Lo que los deportistas llaman *mariposas*, y que a partir de ahora será como una cueva repleta de murciélagos.

Nadie entre los paracaidistas me da los buenos días. Saben a lo que vengo, me ignoran a propósito. Quieren echarme en cara que no me creen. Trato de parecer despreocupado, como seguramente se miraba James Bond en la mañana de su primer salto, pero no los engaño. Todos saben lo que es estar así, quebrándose de miedo para que los demás se quiebren de la risa. Son simpáticos, pero sólo entre ellos. Saben que todo el oro del mundo no es suficiente para estar en su club. Traen cuadernos, calcomanías, botones, camisetas con paracaídas abiertos. Se diría que aguantan el infierno de lunes a viernes sólo por irse al cielo sábado y domingo.

¿Me volveré yo así, un *junkie* del velamen? ¿Ingresaré en el club, o seré como siempre agente libre? Me invento las preguntas bajo un sol terminante, salto una vez tras otra sobre la arena, marometa hacia el frente para que la velocidad horizontal tome el lugar de la vertical. Según el Capitán, bajaremos a cinco metros por segundo. Eso puede rompernos una pierna, una vértebra, nunca se sabe. Pienso en un vaso de agua (yo, que nunca tomo agua). Me prometo dos litros de coca-cola para cuando acabemos con el entrenamiento, hasta que los colores se diluyen y me derrumbo como un cuerpo sin huesos. Sin sentido, insolado. Lo dicho: algunos no servimos para estas cosas.

Pasado el mediodía me digo que si algunos, en efecto, somos naturalmente incompatibles con el *lifestyle* del *007*, debemos de ser más los naturalmente incapaces de relatar historias como se debe. Lo que importa, me insisto, no es realmente poder, sino creer. ¿Cómo voy a creerme lo que sea si me regreso ahora por donde vine con el pretexto de que me insolé?

¿Qué le pasa a James Bond cuando se insola? Ian Fleming ni siquiera se molesta en contarlo, debe de equivaler a un estornudo. A cinco horas y siete coca-colas del traspiés, me amarro las correas sin hacer caso a todos esos murciélagos que se han reproducido en mi interior, cada uno buscando que tome sus chillidos por predicción fatídica. Ya no hay tiempo para eso, el Capitán nos dice que está listo el avión.

5.

Hay que tener algún sentido del humor para llamar *avión* a esta lata con alas. Han dado ya las cuatro de la tarde, llevo seis horas viendo a la lata subir y bajar, más de una vez haciendo piruetas demenciales. Me acerco al agujero sin puerta, pongo el pie en el estribo y recibo la bienvenida del piloto: "Huele a muerto".

Lo ha dicho sin reírse, arrugando un pelito la nariz, y me pregunta luego si me voy a tirar con un *veintiocho*. Pienso: "Un redondo de veintiocho líneas, ese es el que yo traigo", y apenas le sonrío cuando lo veo voltear hacia otro primerizo, pelar los dientes y mover la cabeza: "¡Con este aire, un veintiocho!". Apenas despegó del piso la avioneta —todo le suena, es espeluznante— cuando el piloto alza la mano y señala: "Mira a los zopilotes, ya te están esperando…"

Un par de vuelos antes, vi bajar al piloto temblando de la risa. Había despedido a cinco paracaidistas con una falsa alarma. "Estoy perdiendo altura, no me obedecen los controles", gimoteó el muy canalla, y ellos saltaron uno detrás del otro, con semblante y estómago descompuestos. Por eso, cada vez que el piloto suelta un chiste finjo que me hace gracia y no me afecta, mientras el socio del Capitán M —se llama J, un argentino cálido y paternal que intenta como puede apaciguarme el pánico— me dice que ya vamos a mil, dos mil, tres mil quinientos pies.

Cuando el piloto anuncia que va a "cortar motor", trato de hallarle un chiste a sus palabras para no dar por bueno el mensaje, según el cual ya es hora de saltar (elegí el primer turno sólo para acortar mi agonía). El argentino me da una palmada, como quien lleva rosas al paredón, y yo intento calmar a los murciélagos con movimientos rápidos y diligentes. Hay que colgarse un poco del fuselaje, con un pie en el estribo y otro en la rueda, luego encogerse en posición fetal y soltarse con fuerza hacia el vacío, con los brazos y piernas dibujando una equis.

Es la segunda vez que el querúbico J me da dos golpecitos en el antebrazo y me grita "¡Saltá!". Debajo no se ven personas ni animales, con trabajos las carreteras y los coches: líneas y puntos que ahora no veo más porque sigo colgado, congelado, como le pasaría al niño cobardón. Pero los cobardones no llegan hasta aquí. Los cobardes no escriben novelas, o cuando menos no deben escribirlas. Los cobardes jamás tiemblan de amor, y si lo hacen no saltan cuando tienen que hacerlo.

¿Esperaré a que me lo digan tres veces? Tres *strikes* son un *out*, yo tengo que seguir en este juego. El corazón golpea, los murciélagos chillan y el soplido del viento me aturde igual que un público burlón. Ni siquiera termino de cerrar los ojos al momento en que doy el salto para atrás y el avión se me va, con todo y alma.

¿Qué exactamente es un *Mae West?* El capitán lo ha repetido hasta el hartazgo: si no abrimos los brazos y piernas al saltar puede darse una *falla*, caeremos en desorden, de cabeza tal vez. Luego de unos segundos de dar volteretas incontrolables en el aire, soportando un vacío que me llena por dentro, el ángel me ha tomado de los tirantes y al fin estoy flotando sobre el aire, pero tengo tres líneas atoradas bajo la pierna izquierda. Miro hacia arriba y ahí está el *Mae West*: las cuerdas cruzan el velamen por la mitad, se ven dos copas en lugar de una.

Me agito, forcejeo, recuerdo como puedo las lecciones. Para cuando consigo liberar la pierna, tengo la boca seca y el corazón a pleno galope. Además de orillarlo a descender al doble de la velocidad normal, el *Mae West* hace al paracaídas girar más y más rápido. No se alcanza a pensar, es como huir en moto de una patrulla con la sirena a todo volumen. Se huye de la catástrofe. Del golpe, la parálisis, la fractura, el sepelio, imposible saberlo a estas alturas y cayendo a diez metros por segundo. Miro el paracaídas abierto, una copa cercana y bienhechora que me lleva a pasear entre las nubes para que grite o cante lo que me dé la gana porque aquí, eso es seguro, ni quién me oiga. A lo lejos alcanzo a distinguir a los otros dos, que también gritarán, o se reirán, o se preguntarán cómo es que se atrevieron. Que es lo que sigo haciendo, todo junto.

Me río del tobogán, del salón 23, de todos los que habrían apostado a que alguien como yo no saltaría ni de una viga de equilibrio. Estoy vivo y no acabo de creerlo, he regresado del agujero negro que se me abrió a tres mil quinientos pies. Ahora puedo volver a hacer planes, me miro al fin de un juego que me ha llevado diez años jugar. Pongo la ficha en la última casilla, miro hacia arriba y grito: "¡No me morí!" Sigo gritándolo, como un conjuro, con el viento pegando en el velamen. Luego miro la manga y la marca sobre el suelo: voy a ir a dar lejísimos, sólo que vivo, y más que eso templado por la sensación rara de haber pagado entero el precio del boleto.

6.

Hay algo que no encaja a partir de este punto. Si he de rascar profundo en el juego del paracaídas, lo que encuentro es la huella del juego mayor. Saltar y deshacerme del niño cobardón podía parecer, desde donde yo estaba, gesta más que bastante para creerla el desenlace de esta historia, pero insisto: no pretendo contar mi propia historia, ni la del pusilánime a quien tan mal traté en Tequesquitengo. Cuando ya el juego de escribir se ha adueñado del juego de la vida, ninguna otra disputa parece interesante si no se relaciona con él. La escritura no es menos voraz, posesiva y celosa que el resto de los vicios indomables.

Me faltaban, por tanto, madera y obsesión para volverme uno de los melgibsons que sólo te saludan cuando pruebas que tienes temple de Steve McQueen. Cierro los párpados y trato de enfocar al superhéroe imposible que tocó tierra, rodó y se levantó de entre los sembradíos con los brazos sangrados y el semblante de quien recién ha visto un milagro. Imagino la música: fanfarrias en estéreo. Así como me gustan las de Polanski, detesto las películas de Zeffirelli. Mis héroes no se abrazan en cámara lenta, y menos en la última escena.

Ir a Tequesquitengo cada semana a suicidarme a espaldas de mi familia parecía una rebelión aceptable, y acaso lo habría sido si para el cuarto salto y la segunda *falla* no entendiera que habemos quienes no servimos para James Bond. Al final, la rebeldía más interesante no estaba en ser capaz de jugarme la vida a los dados, sino en llevar un juego de niños hasta la edad adulta. No escuchar la campana del recreo y lanzarse a jugar por años a lo mismo.

Primero son los otros quienes lo excluyen a uno de sus diversiones, luego el tiempo nos saca también de las nuestras, pero yo me he abrazado a mi cuaderno y no voy a dejar que me lo quiten. Por eso juego a todos los juegos concebibles, y en cada uno abuso del niño cobardón. Porque no lo he matado, sigue ahí, y hay noches que me da por escucharlo. Me abochorna escucharlo. Todavía no entiendo que tampoco sin él podré escribir.

Si los miro de cerca, descubro que los monstruos que atrincheran al niño cobardón no están hechos del material del miedo —por sí mismos no asustan— sino de la memoria del miedo. Cierta vez, ya con catorce años, fui de visita al Tepeyac del Valle y sentí que el estómago me daba vuelta cuando escuché la voz del prefecto diciendo mi apellido, a mis espaldas. Un miedo irracional, descontinuado, pero más grande, como esos muertos a los que, según dicen, por años aún les crecen uñas y melena. Si el niño cobardón es el fantasma, y su única materia es la memoria del miedo, mal puede uno matarlo sin amputarse parte del espíritu. Que otros narren sus glorias y proezas; cuando se cuenta el transcurrir vital de un juego así, se escribe sobre el miedo y sus espectros.

El miedo como aliado y enemigo, uno más de los diablos con quienes es preciso negociar para avanzar en el juego mayor. Cada vez que me pongo una prueba aterradora, firmo pacto con un demonio escéptico; si me atrevo, puede que lo convenza de jugar en mi equipo. Sólo una perspectiva me atemoriza más que meterme todo el tiempo en problemas: la de vivir sin ellos.

Sigo creyendo, no veo cómo o cuándo dejaré de hacerlo, que los problemas no vienen porque sí. Traen el nombre y la dirección del destinatario, son suyos desde siempre, por eso cuando llegan y se instalan uno jura que *siempre supo* de ellos. Los problemas de un niño son como sus amores, caen del cielo y lo llevan de paseo al infierno. Y de pronto uno quiere escribir por eso, le parece una pena malgastar el recuerdo del inframundo.

No puede quien escribe vivir borrando, pero la tentación es poderosa. Quiero borrar los miedos que se fueron y empiezo por nombrar a sus fantasmas. Los estoy invocando, en realidad. Les suplico que vengan, tanto como les pido que se larguen. Querer saltar con el paracaídas, querer volver a tierra en el avión. De esas urgencias dobles y encontradas se alimenta este juego de espantos anhelantes. *Quiero lo que no quiero*. Los escritores pueden morirse de hambre, pero de lo contrario se aburren mortalmente. Un contador de historias que no puede contarlas es un niño encerrado en el hospicio, y puede que algo peor, pues al menos en el hospicio se ganan experiencia y memoria. Sin ellas no hay historia, ni relato, ni nada. Por ellas uno se hace capaz de cualquier cosa.

Después de aquella tarde en Tequesquitengo, no sólo he derrotado al niño cobardón; también lo perdoné, que era lo más difícil. Tantos años metido en la covacha negra del recuerdo y casi nada de él se había borrado. Podía contar su historia entera cualquier día de la semana. Ahora bien, una cosa es contarla y otra muy diferente contársela a uno mismo. Es decir, escribirla.

La conté algunas veces, entre mis amistades, siempre con el bastante sentido del humor para evitarles la piedad a tiempo. Cada vez, sin embargo, *algo* se embarrancaba: no entendía por qué me había sucedido. Iba inventando nuevas hipótesis, pero igual me quedaba tan perplejo como recién llegado al salón 32. Imposible saber el nombre del demonio que me llevó hasta allá, pero bien que podía imaginar lo que me habría pasado sin el juego. El mayor, el de siempre, el verdadero y único paracaídas, sin el cual no consigo entender la razón o el sentido de nada, porque las cosas tienen sentido y razón sólo cuando alimentan la experiencia y alcanzan un lugar en la memoria. Esto es, cuando sé que algún día podré contarlas.

¿Sería que el juego me salvó de continuar cayendo infancia abajo, desde que me premió con entusiasmos íntimos imposibles de ser compartidos, o siquiera entendidos? Si nadie iba a entender lo que yo estaba haciendo, perdía el tiempo intentando conquistar empatías. Valía más jugar, seguir jugando hasta comprometer el resto del porvenir. ¿Por qué no habría un niño de nueve años de decidir el resto de su vida en un juego? ¿Se es estúpido acaso a los nueve años? ¿Y si la estupidez también se conquistara tras años de renuncias *razonables*?

Luego del primer salto del avión, había vuelto a la casa ansioso por contarle del percance a la única persona que todavía me consideraba niño, y por entonces era nuestra huésped. "¡Volé, Celita!", le dije susurrando a tan alto volumen que me tapó la boca. Si llegaban a oírme Alicia y Xavier, nos comerían vivos a los dos.

7.

Las mentiras vuelan y hacen volar, pero no alcanzan para pagar la entrada. Había conseguido saltar a escondidas, y eso le dio al evento un sabor especial. Decir "voy a estudiar con unos amigos" el día que me iba a examinar el cardiólogo era un alarde no menos delicioso que tener que cubrirme los antebrazos en los días que siguieron al salto, para que no me vieran las heridas. Que yo supiera, eso lo hacían los *junkies*. Sólo que la patraña tiene sus límites.

Por más que las cachara en pleno vuelo y las reprodujera como mantras, las mentiras habían perdido su *glam*. Pues tener que decirlas era reconocer que no me mandaba solo. ¿Quién, que se haya jugado la vida por capricho, va a pedir el permiso que se otorga por sus meras pistolas? Claro que mis pistolas disparaban mentiras en cadena, el último recurso que me garantizaba la tramposa movilidad del polizonte. No es uno libre de anunciar sus decisiones, pero puede moverse y desplazarse con algunas coartadas a modo. Hasta el día que viene la verdad y decide pagar entero tu boleto.

"Tú no sirves para eso." "Nunca te atreverías." "Eres muy distraído." "Te fallaría el corazón allá arriba." "Acuérdate del tobogán gigante…" Pocas razones hay tan estimulantes como las que nos desafían buscando intimidarnos. Pero después, cuando al final ha hecho lo que según los otros no debería hacer, late dentro de uno la urgencia de cubrir el precio del boleto. ¿Cuánto tiempo puede uno soportar que le anuncien que nunca hará lo que ya hizo?

—¿Ah, sí? ¡Pues ya salté! —dispararía durante la comida, sólo para mirarlos palidecer con una indignación tímidamente orgullosa. Sólo hay algo mejor que contar una buena mentira:

no tener que contarla. Soltar la verdad fría, como bala de hielo. Saltar de la invención a la confesión sin más aliados que el arrojo y la sorpresa, que a juicio de Xavier se parecían más a la irresponsabilidad y el cinismo. ¿Qué les iba a explicar? ¿Que esos graves defectos podían ser virtudes en el reino querido de la ficción? ¿Qué habría dicho Ian Fleming en su casa?

Supongo que escribiendo novelas de espionaje se matan muchos niños cobardones, pero he dicho que al mío lo quiero vivo. Necesito mirarlo agazapado tras mochila y pupitre, transparente en el patio a la hora del recreo, ebrio de un trago largo de limón y sal. Necesito pagarle el boletito. No sé si cada cosa la he contado tal como sucedió, pero sí como *me* sucedió. Leemos y escribimos las historias no porque necesariamente pasen, sino porque *nos* pasan. Cuando un lector henchido de entusiasmo nos anuncia: "¿Sabes qué libro acabo de leer?", el brillo de sus ojos parece preguntar: "¿Sabes qué me pasó?" No pasó, *me* pasó, por eso necesito ir a contarlo. De otro modo jamás alcanzaría a liquidar el precio del boleto.

—Desgraciado éste… —atinaría a comentar Xavier, no sé bien qué tan lejos de imaginar la clase de diploma que sus ojos atónitos estaban otorgando. No hay trofeo más grande para quien cuenta una verdad difícil que el semblante perplejo de quien escucha. ¿Qué mentira perfecta me habría dado una satisfacción así? ¿Cómo no ambicionar soltar esa verdad, cuando tras ella saltaría como un *Jack-in-the-box* la noticia de que ya no soy más el que creían? Le seguiría teniendo miedo a la vida (sólo un total pelmazo logra librarse de eso), pero ya no a la muerte. Podíamos ir los tres al tobogán gigante, si querían.

A partir de esa tarde, lo de menos sería tener que continuar mintiendo para seguir con el paracaidismo, que a pesar de mi arrojo confesional permaneció en la lista familiar de las actividades proscritas, por encima de otras tan destacadas como la vagancia, el alcoholismo y la drogadicción. Todo lo cual no haría sino rodear al juego del avión de un aura todavía más heroica. Pero ya he dicho que no sirvo para héroe. La vocación secreta de tahúr no abona puntos en la cuenta del heroísmo, como en el expediente de la bohemia. Y cuando juega uno en el casino de la invención, hasta la misma bohemia tiene sus límites.

Cuento historias, no puedo hacerme dependiente de nada. Tanto siento el deber de jugarme la vida como el de conservarla a cualquier precio. Desde los días en que chapoteaba en la tina pretendiendo que un caballero medieval cruzara a nado un dique infestado de cocodrilos, fui siempre personaje en mis historias. Las escribía para que me pasaran, y todavía mejor, para que me volvieran a pasar de un modo diferente, bajo el *cinemascope* de la perplejidad. Pero todo eso implica el compromiso de no matarse. Cuando uno de los bravos de Tequesquitengo aterrizó en la pista por encima de los doscientos kilómetros por hora, con el paracaídas principal atorado en las líneas del de reserva, entendí que era hora de jubilar al Roger Moore que tanto había pugnado en mis adentros por volverse Sean Connery, y una vez en el aire se miraba a sí mismo como Jerry Lewis.

Uno no lee ni escribe cierta historia para pasarse el resto de la vida metido en los zapatos del protagonista, sino exclusivamente durante el tiempo en que la propia historia consiga atraparle. Leemos y escribimos por la misma razón que la gente se tira de un avión: nos urge ya meternos en problemas, como si una ruleta clandestina, ratonera inclemente, resplandeciese a lo ancho del horizonte.

Hay un trozo de queso por ahí escondido, sentimos que es un crimen dejarlo endurecer. Sólo que la comida de ayer no puede resolver el hambre de hoy, y el juego de sentarse a relatar historias supone un apetito voraz y veleidoso. Hoy se quiere volar en un avión, mañana aterrizar en un país lejano, la semana que viene aprender japonés. Cosas que casi nunca sirven para nada, hasta que cualquier día entran en acción para salvarle la vida a una historia.

No es, por cierto, colgando de un paracaídas entre los cielos de Tequesquitengo como busco salvar a la historia y el juego. La verdad es que a toda hora los confundo, pues al contar aquí la historia de la historia y la del juego, que a su vez consistía y aún consiste en relatar historias, las fronteras entre una y otra cosa no son menos difusas que las que mal separan vida y escritura.

Sería tarde, por cierto, a los diecinueve años para tomar en serio cualquier otro juego. Podía jugarlos todos, si me daba la gana, siempre que fueran parte de *mi* juego. Porque este juego siempre lo quiere todo, y cuando se lo he dado me exige a bayoneta calada que de una vez le entregue lo que viene. Quiere que apueste el porvenir entero en su ruleta, y sabe que no tengo más salidas porque no hay otro juego que importe. Sabe que cuantas veces me salve la vida, lo hará sólo en el nombre de nuestra deuda.

8.

"Vive, que de ti bebo", me susurra al oído el demonio de siempre. Según él, no podré terminar esta historia relatando la media gesta del sobreviviente. Polanski no me lo perdonaría, menos aún mi heroína. Por eso, si el relato ha de alimentarse de la carne escocida del relator, lo propio no es usar paracaídas, sino tirarse libremente al vacío, confiando en que las aguas de la nada sirvan para frenar su carrera al infierno (como si el puro miedo a ir a dar hasta allá no fuera el peor de todos sus tormentos). Tener miedo de estar donde ya está, o de nunca volver a ser el que uno ha sido: ser para siempre sólo *el que se fue*.

El niño del retrato se me fue una mañana, a los trece años, luego de perseguirme por los ocho más largos que puedo recordar. La infancia es una vida tan extensa que la gente la olvida con tal de no tener que llevarla a cuestas. Pero insisto en que el juego, además de la muerte, me prohíbe el olvido. Parte del juego tiene que ver con la monomanía de ir por la vida dejando piedrecillas en el camino, pues nada aterra tanto al contador de historias como seguir la senda de Hansel y Gretel. Necesito poder volver sobre mis pasos, así tenga que hacerlo camino a la mansión del ogro que creía derrotado.

Tengo, pues, todavía trece años. De aquí a tres meses serán catorce. Llevo la cuenta día por día, como los presidiarios. No sería para menos, del Colegio Tepeyac del Valle he ido a dar al Instituto Simón Bolívar. Quien sepa de lo que hablo entenderá que el cambio fue como transferir al animal de la fuente a la pecera, y quién sabrá si no de la pecera a la olla.

Detesto casi todo en esta escuela, y cada metro de ella me corresponde. Con creces, además. No hay una sola miss, a los maestros los apodan *señor*. Uno aprende a agacharse en el tal instituto —*instiputo*, lo llamo, no sin rabia—, cada salón tiene un catálogo de lambiscones, uno y otro peleando a su manera por serle útil a su *señor*. Algunos, los más cerdos, les sacuden la tiza del saco. "Permítame, señor." Otros se ofrecen a cargarles el portafolios o el altero de exámenes y tareas. Nacieron para complacer al amo, tienen sangre de siervo lasallista. Sangre pesada, pues, pero ligera para lamer suelas. La sangre que alimenta a la carne de cañón. Por eso, cuando llego al corredor de la entrada, que es largo como todos los calvarios, voy arrastrando pies y portafolios, qué importa si se enteran que todavía más que a ellos detesto a mi destino.

No todo mi destino es detestable. Como siempre, el horror se queda con las horas hábiles. La nueva casa es lo bastante grande para esfumarme sin tener que salirme. Pero salgo, porque en la calle hay muchos amigos por hacer. Algunos muy pequeños, pero la mayoría cercanos a mi edad. Cada vez que regreso de la calle, siento que me he alejado unos metros más del niño del cuadro. Creo que tengo amigos, aunque enemigos tampoco me faltan.

La semana pasada casi le rompo el dedo a un vecino que iba conmigo en la primaria. Es lo malo del judo, uno aprende a tirar al piso al contrario, luego lo inmoviliza, ¿y después qué? Yo les pego en la cara, y si les pesco un dedo se los muerdo con todas mis fuerzas. Pero no siempre sirve, se necesita espacio y amigos que estén cerca, para que no se metan otros en el pleito. En la escuela no me funciona el judo, tendría que ir a clases con un cuchillo oculto en el portafolios. Qué palabrota ingrata, *portafolios*.

Ya no me basta un crimen perfecto, debería planear la masacre perfecta. Pero me queda P. Xavier me ha prometido que si mejoran mis calificaciones va a comprarme otra moto (la mía lleva un año descompuesta, odio mi bicicleta de panadero). Aunque en la escuela voy un poco en picada. Y digo "un poco" porque soy optimista. En realidad me va a llevar la mierda, lo único que no sé es si eso va a pasar antes o después de mi cumpleaños número catorce.

Hay un par de vecinas que me gustan, pero no me he atrevido ni a decirles *hola*. Me da miedo meter la pata, como sucedió el día que me topé con P. Pienso que si tuviera una moto, ellas solas tendrían que arrimarse. Porque con P no sé por dónde empezar, sigo esperando algún encuentro mágico. No acabo de dejar de ser niño, eso me pone mal. Toda mi vida es un proyecto a medias y yo tengo que dar la cara por él.

Cara con espinillas, bigote de mujer, sonrisa congelada en un secreto sáquenme-de-aquí. Cara de adormilado, aun después de la regadera porque apenas han dado las siete y la escuela no está a la vuelta de la esquina. Cara de niño que se viste y se peina sin despegar del todo los párpados, porque aún cree posible llegar con sueño al coche y dormirse el camino completito. Cara de gelatina y jugo de naranja y chocolate caliente —con dos huevos ocultos, que me envían a la calle sintiéndome pesado como un mastín.

Si por mí fuera, pasaría las mañanas durmiendo. Ir en el coche con Xavier al diez para las ocho, con el motor rugiendo arriba de los 140 por hora, es una de las pocas compensaciones que tienen las mañanas. Pero no porque quiera, como Xavier, llegar a tiempo a clases, sino por la esperanza nada novedosa de que algún contratiempo me devuelva a mi casa sin tener que poner un pie en la escuela. Un policía de tránsito, un embotellamiento, una descompostura. Casi nunca sucede, por eso desde que me bajo del coche vengo mascando un chicle con sabor a derrota. Un chicle de saliva, leche con chocolate, huevo, flemas y hiel.

Voy por el mismo maldecido pasillo, escupiendo en el piso o la pared sin que nadie me vea. *Esto y más te mereces, Instituto de Mierda*. Si las mejores horas del día sólo pueden llegar después de la salida de clases, el peor momento es éste, cuando faltan seis horas para que suceda. Que el Demonio se lleve los siguientes trescientos sesenta minutos.

9.

Esta mañana no venimos con prisa. Son las siete cuarenta cuando llegamos al semáforo de Churubusco. Tendré tiempo de sobra para ir por el pasillo y estar un rato solo donde no haya nadie. Como todos los días, hablamos sin parar. Sobre todo Xavier, que apenas tiene tiempo para decirme cosas entre semana. Unas veces me cuenta chismes de su trabajo, otras de Alicia y él, otras se acuerda de los últimos chistes y me los va soltando uno por uno (yo los voy apuntando en la cabeza). Pero hoy no tiene chistes que contar. Hoy va a tocar el tema que más me gusta, y que es al mismo tiempo el que más me aterra. Hoy va a hacerme volar y no se lo figura. Tampoco, por lo tanto, podría calcular el valor de sus próximas palabras, ni el precio que tendré que pagar por ellas. No sabe lo que dice, y cuando me lo dice yo sí sé pretender que no me pasa nada, por más que el cielo esté cayéndose en pedazos. Que es lo que va a pasar esta mañana.

—¿Te acuerdas de P? —me acomete de pronto, y a mí me da el calambre inmediatamente. Por eso me hago el desinteresado, y hasta el olvidadizo, mientras consigo reponerme del golpe.

—¿Qué P? —arrugo la nariz y la frente, cual si en lugar del nombre de mi futura esposa me hubiera dicho el nombre científico de un mosco.

—¿Cómo "qué P"? ¡La hija de C y D!

—Ah, sí… creo que ya sé quién… —voy aceptándolo despacio, como si hiciera esfuerzos sobreadolescentes para traer de vuelta a esa tal P. Como si no llevara la mitad de mi vida pensando en aquel nombre antes que en cualquier otro. Ahora mismo, mientras me esmero haciéndome el desentendido, el corazón me brinca y me pregunto ya si va a decirme que la voy a ver, o

179

que ella quiere verme, o que tiene una fiesta y quiere que yo vaya. Me pregunto también si ya crecí bastante, si me encontrará torpe, si le gustaré tanto como ella a mí. De repente soy Tobi, el de Lulú, soñando con Verónica, la de Archi.

—¿Qué crees que le pasó? —Xavier me mira hondo, casi triste, y yo apenas consigo disimular el hueco que se me hace entre las tripas.

—No sé —ya lo miro de frente, ya no puedo fingir que no me importa.

—Va a tener un bebé…

—¡Qué! —ahora sí lo interrumpo. Es como si un escándalo de metales y máquinas nos rodeara de pronto.

—Está embarazada.

—¿Pues qué edad tiene? —lo sé perfectamente, lo pregunto por preguntar cualquier cosa, necesito seguir haciéndome el estúpido, enterarme del chisme y poner la carota que pondría si lo hubiera leído en el periódico.

—Catorce años, acaba de cumplirlos y ya va a ser mamá —la última palabra resuena en mi cabeza como un mazazo seco que me deja flotando, idiotizado y al final sin palabras. Oigo entonces el resto de la historia sin enterarme casi, como se oye el sonido local en los estadios. Como si de repente Xavier me hablara desde Saturno y yo no fuera su hijo sino cualquier terrícola. Pobre, ni se imagina la que acaba de armar.

—¿Se va a casar…? —sé bien que estoy haciendo las preguntas de un niño idiota; aun así parecen más respetables que las de un niño idiotamente enamorado de la futura esposa de quién sabe quién.

—¡No, qué se va a casar! Parece que el papá es un escuincle de dieciséis años, o algo por el estilo. Van a mandarla a Estados Unidos, a que tenga allá al niño… —ha dicho "escuincle". De dieciséis años. ¿Qué soy yo, pues? ¿Un moco, todavía?

—… —ya no quiero hablar más, de nuevo escucho todo como salido de una bocina rota. Ya vamos a llegar, aparte. Por una vez, me corre a mí la prisa y no a Xavier. Desde que me callé estoy agachado, buscando y rebuscando en el portafolios.

—¿Qué buscas? —al fin he conseguido que se interrumpa, no quiero saber más del tema P.

—Mi tarea —si sólo le contara que llevo tres semanas sin hacer una sola tarea…

—¡La dejaste en la casa! —ahora ya se asustó.

—No, aquí está —y apenas tengo tiempo para despedirme, ya estamos justo enfrente de la escuela.

—¿Seguro que encontraste la tarea?

—Sí, mira —le enseño unos papeles del mes pasado y me bajo de un salto, mirando al piso. Faltan quince minutos para las ocho, me escurro entre dos compañeros de clase a los cuales tampoco me da la gana mirar a los ojos y voy de frente por el corredor, con los músculos tensos y los labios temblando mientras lengua y garganta repiten no-no-no-no-no-no-no-no.

No y no: he buscado un lugar para pensar a solas y no pude encontrarlo. Terminé por formarme en la fila, entrar a clase y hacerme el enfermo. Después de un rato largo de dejarme languidecer sobre el pupitre, obtuve ya el permiso de ir a la enfermería. No quería ir allá, sino al baño de profesores, que está a un lado. El único donde es posible encerrarse. El único, también, que no apesta. Llego, lo veo vacío y me encierro allí. Respiro fuerte al fin, jadeo como si hubiera corrido desde las ocho. Serán las nueve y media, da lo mismo. Si ahora me preguntaran, me daría lo mismo quedarme en este baño hasta el final de la preparatoria.

Me da lo mismo todo, menos todo lo que he dejado de tener. Me da igual si me tardo y no llego al examen, si me descubren y me castigan, si se ríen a coro porque alguno se entera y les va con el chisme de que estoy sollozando sobre las rodillas. Cuál sería la noticia, debe de haber millones de escuincles idiotas llorando cada día por idioteces, o porque les tocó una vida idiota. Sólo que yo no chillo en busca de consuelo, sino para acabar de despeñarme. Quiero seguir cayendo, voy en picada con la sirena encendida, quien me escuche llorar hágase a un lado, que no pienso parar hasta estarme quemando.

Cuando uno llora así, a válvulas abiertas, siente que el tiempo pasa por sus lágrimas. Como si con los años se formara una nube tan espesa que sólo un aguacero con granizo pudiera aligerarla. Según yo, el granizo equivale a los sollozos, cuando la voz ya llora más que los ojos y el cuerpo se ha aflojado como un trapo en el agua. De repente no es una la causa del llanto, sino un tumulto de dolores guardados que han visto la salida y se lanzan desesperados hacia allá. "No me dejen adentro, que está muy oscuro." Si viviera en el fondo de alguien como yo, buscaría la forma de escaparme. "Vámonos", les diría a mis vecinos, "aquí ya no hay futuro". Pero si de verdad estuviera atrapado dentro de un organismo parecido al mío, no sería una víscera, ni un hueso, ni una gota de sangre. Sería un problema, claro, y tendría docenas de amigos como yo.

Dicen que con llorar nada se arregla, pero eso no es verdad. Llorar es hacer algo, aunque ese algo no sirva más que para quitarnos la sensación insoportable de no hacer nada. Estamos aguantando el paso de las horas, eso tendría ya que ser bastante. Estamos maldiciendo nuestra suerte, aguardando quizá que alguien adentro no lo soporte más y decida hacer algo para cambiar las cosas.

Suena bien: *hacer algo*. Sólo que en mi película el héroe ve caer a la heroína y en lugar de salvarla se va abajo con ella. Quise decir, *sin* ella. Hacer algo es sentarme aquí a llorar porque no queda nada por hacer, y también porque nunca pude hacer nada.

No sé decir, ni hacer, tengo sólo un boleto muy barato para ver desde lejos mi función. Los escuincles no alcanzan mejores lugares. Los escuincles vivimos parados de puntitas para ver si logramos ver algo mejor que cabezas más grandes y más altas que la nuestra. La película sigue pasando allá, pero acá siempre hay quien nos tapa los subtítulos.

No sé, por fin, si lloro porque la maldita historia me deja así al final, como un idiota, o si es porque no alcanzo a leer la traducción. Veo mi propia historia y no sé qué hago ahí, cómo o por qué empecé y terminé de gemir hasta quedarme tieso, como Pinocho. Desde muy niño escuchaba a Xavier contarme, siempre distinta y cada vez más larga, la historia de Pinocho. De pronto me pregunto si no me habrá pasado lo que más temía.

Estoy aquí, en la última orilla de la historia, convertido en muñeco de madera.

"Sólo faltan las pecas y los tirantes." Se me ocurre y me río, con más morbo que ganas. Cada vez que la vida se me va de las manos, pienso que a cambio gano con mis historias. Me convierto en un personaje menos aburrido, debe de ser un asco que a uno mismo lo duerma su película.

Finalmente, la historia está allá afuera, en el patio y la clase plagados de enemigos. La única diferencia es que a partir de ahora voy a enfrentarlos sin ilusiones. Nada que le preocupe, por ejemplo, a un tipo como el *007*. James Bond no llora solo en un baño ajeno. James Bond regresaría al patio como si nada, silbando a solas *Live and Let Die*. James Bond no se enamora, esa es su fuerza.

10.

Siempre supe qué haría cuando fuera grande, mas cuando eso suceda no voy a saber nada de lo que *siempre supe*. Y a lo mejor por eso voy a aguantar la peste de tener catorce años, y quince, y dieciséis, y seguir sin saber por qué ni para qué. Voy a dejar las clases de piano y a conseguirme una guitarra eléctrica. Voy a olvidar el judo y a aprender tae-kwon-do, a escribir la novela y a saltar del avión, todo cuando sea grande y el mundo pueda creer que sé lo que hago, por más que no sea cierto.

¿Por qué P y yo corríamos uno del otro cada vez que Xavier decía "dense un beso"? ¿Por qué escaparse *de* algo, en lugar de *hacia* algo? ¿Por qué nunca se me ocurrió llamarle, si su número estaba en la agenda de Alicia? "¿Por qué?", pregunta el niño a cada instante, y el adulto se aburre de explicarle lo que dice saber. Nadie sabe lo que hace, menos aún lo que hará.

Cuando cuente la historia de mi historia no lo haré porque sepa lo que hice, sino porque me comerá la comezón de saber por qué lo hice. Para el caso, por qué *no* lo hice. Cuando sea grande, voy a ver muy sencillo todo lo que de niño veía intrincadísimo, y hasta me asombraré de sólo recordarme titubeando. "¡Pero si era tan fácil!", me diré, como un hombre que vive y deja morir.

Vivir, amar, narrar: solamente un pelmazo piensa o dice que tamaños engorros pueden ser cosa fácil. Tal vez narrando logre recuperar la angustia inenarrable de mirarme al principio de todo y en mitad de la nada. Uno narra también para hacerse pequeño, de pronto porque quiere —mejor aún, requiere— que la historia, el amor y la vida sean siempre más grandes, y ojalá indivisibles.

Cuando la vida crezca y el amor sea gigante y la historia por fin me reduzca a una mínima expresión, querré que esa expresión sea la del retrato, y encontraré la historia entera impresa en ese instante, como si año tras año se la hubiera contado a mi retrato, o acaso él la supiera desde siempre.

Uno quiere contar historias nuevas y termina contando la de siempre, igual que va y se compra ropas nuevas para ser otra vez el de toda la vida. Uno mira hacia atrás y entiende tanto como cuando pretende mirar al porvenir. No se entiende la vida, ni el amor. Por eso hay que contarlos, para que haya un atrás, un adelante, un arriba, un abajo, un así eran las cosas y un éste era yo. Como si uno pudiera dejar de ser quien fue. Como si uno quisiera, cuando menos.

No importa lo que quiera, ni lo que haya querido. Escribo obedeciendo, no sé a qué ni a quién. Son las reglas del juego, aquí tampoco hay señalización. Voy detrás de las llamas que encendí sin querer y no supe apagar, tal vez porque sin ellas la vida y el amor y el juego todo habrían sido insoportablemente pequeños.

No soporto la idea de hacerme grande ahora, sólo porque es la hora de terminar la historia, y además uno escribe justo para pelear contra lo insoportable. Vuelvo, pues, al retrato. Que sea él quien termine lo que él mismo empezó:

Los retratos nos miran a nosotros más de lo que nosotros los miramos a ellos...

Macapá, Brasil, otoño del 2006

Índice

Éste que ves de Xavier Velasco
se terminó de imprimir en el mes de enero de 2023
en los talleres de Diversidad Gráfica S.A. de C.V.
Privada de Av. 11 #1 Col. El Vergel, Iztapalapa,
C.P. 09880, Ciudad de México.